Steinvakt

En Beskyttende Gargoyle-Romanse

Demelza Carlton

Lost Plot Press

Dette er et skjønnlitterært verk. Navn, personer, bedrifter, steder, hendelser og begivenheter er enten produkter av forfatterens fantasi eller brukt på en fiktiv måte. Enhver likhet med faktiske personer, levende eller døde, eller faktiske hendelser er rent tilfeldig.

Lost Plot Press

En

Effies skrik skar gjennom Wystans hjerte. Det var ikke det første, men ved Gud og djevelen, det ville bli hennes siste.

"Du tar livet av henne!" ropte han da han kastet opp døren til hytta.

"Mr. Steel, en fødsel er ikke noe sted for en mann", refset jordmoren, uten å se på ham mens hun pekte ut. "Ut!"

"Men hun har skreket slik i hele dag. Dette kan ikke være normalt!" argumenterte Wystan og sto på sitt.

"Dette ville ikke være det første barnet som bruker en dag eller to på å komme til verden. Mr. Steel..."

Effies øyne hadde et helvete i seg. "En dag til med dette? Å, jeg holder det ikke ut. Det gjør så vondt!"

Wystan grep hendene hennes og falt på kne ved siden av sengen. "Jeg skal finne legen for deg, Eufemia, det sverger jeg på. Jeg skal hente ham og bringe ham tilbake hit for å se til deg og barnet. Det lover jeg." Han presset leppene sine mot hennes et lite øyeblikk, før han kom seg på beina. "Bare hold ut litt lenger til jeg kommer tilbake, Effie." Han skyndte seg ut døren idet hennes neste skrik ga støvlene hans vinger.

To

Da Wystan kom tilbake, var det uhyggelig stille i hytta. Effie og ungen måtte sove, bestemte han seg for, og åpnet døren så stille han kunne. Jordmoren hadde hatt rett, og de hadde ikke trengt noen lege, noe som sannsynligvis var bra, for da Wystan endelig hadde funnet mannen som flørtet med Carline Steel mens han spiste middag med jentas bror i det store huset på åsen, hadde den hovmodige jævelen nektet å komme.

Der lå hun, utstrakt på sengen, i dyp søvn, med den svøpte babyen sovende på brystet. De var begge utslitte etter prøvelsene. Han ville ikke vekke dem, så han ville sove på en pinne ved bålet i natt.

Men ... det var ikke tent noe bål, selv om det nesten var mørkt. Kanskje Effie hadde vært for trøtt til å fyre, så ilden hadde gått ut.

Han kunne kanskje ikke ta med seg legen, men han kunne tenne et skikkelig bål som kunne holde familien varm når de våknet. Kanskje han til og med kunne sette på en gryte med lapskaus mens de sov...

Søskenbarna hans ville le hvis de visste at han lagde mer mat enn Effie gjorde. Effie kunne tilberede kjøtt og grønnsaker og til og med brød, men når det var tid for å lage mat ... ble hun så oppslukt av syingen eller noe annet hun holdt på med at hun glemte det. Enten glemte hun å tilberede ting, eller så glemte hun at ting ble tilberedt, så alt ble enten rått eller brent. Hvis Wystan ville ha noe midt imellom, måtte han ta saken i egne hender.

Akkurat som han ville gjøre i kveld, slik at Effie hadde noe å spise når hun våknet. Men kanskje han burde vente til i morgen tidlig, for hvis han tente lykten for å se forbi, ville han helt sikkert vekke henne, når hun trengte søvn etter å ha arbeidet så lenge for å bringe deres første barn til verden. Han skulle lage frokost til henne i morgen tidlig, sa han til seg selv.

Men før han la seg på pallen ved den knitrende ilden, kunne han ikke dy seg for å gi Effie et godnattkyss.

Han lente seg over sengen og strøk en hårlokk bort fra ansiktet hennes, før han la begge hendene på hver side av hodet hennes.

I det øyeblikket leppene hans berørte hennes, visste han at noe var galt. Aldri, ikke engang på den kaldeste vinterdag, hadde leppene hennes føltes så kalde. Han kunne heller ikke kjenne pusten hennes, og da han kjente etter pulsen han alltid hadde følt slå så sterkt i halsen hennes ...

Ingenting.

Han våget knapt å puste, og strakte seg etter den svøpte ungen...

Bare for å hyle sin sorg ut i natten, for han hadde mistet alt.

Tre

Årene hadde gått, og han var en halv verden borte, men da Wystan ventet i mørket sammen med Grant og Harlow mens Stan snek seg gjennom bushen for å stjele en brud til seg selv, kunne den natten han hadde funnet Effie og datteren død, ha vært i går, så fersk føltes sorgen fremdeles.

Eller kanskje var det redsel for at denne natten nok en gang inneholdt døden.

"Nei, vent!" hveste han, men han var for treg. Grant stormet ut i det fri.

Et øyeblikk senere falt han ned av et geværskudd.

Harlow ga fra seg et kvalt skrik, rasende av sorg som Wystan kjente så altfor godt, mens han løp mot broren. Et nytt smell, og han falt også.

Først hans kone og barn, og nå hans fettere og kusiner. Wystan hadde ingen familie igjen. Ingen igjen å leve for. Han reiste seg og bredte armene ut som Kristus på korset i kirken hjemme i Skottland, der han hadde hengt over Effies kiste den dagen hun ble begravet. Den dagen han hadde begravd alle sine håp og drømmer om en fremtid.

Det første skuddet traff ham i skulderen og sprengte bort en bit av armen hans. Wystan ønsket smerten velkommen. Det andre skuddet fulgte det første, helt til han ikke lenger kunne føle armen. Kanskje den var borte. Det tredje skuddet tok pusten fra ham, og hele halsen føltes som om den sto i brann.

Men bare for et øyeblikk.

Da kroppen hans traff jorda på Swan-elvens bredd, var Wystan allerede død.

Men skjebnen var ikke ferdig med ham ennå.

FIRE

Tacey visste at hun bare burde komme seg av gårde, men hun bremset opp da hun nådde Callies nye gargoyle-statue. Tacey hadde ingen anelse om hvordan hun hadde båret den monstrøse tingen inn i huset. Kanskje han faktisk ikke var av stein? Nesten uten å tenke seg om strakte hun seg rundt for å klemme på det hun måtte innrømme var et perfekt skulpturert rumpekinn. Den føltes varm og hard, som stein som hadde ligget i solen, men den hadde også litt ettergivenhet, som det spesielle skummet Rochelle hadde brukt da hun lagde cosplay-rustningen sin. Så hvis han faktisk var skum i stedet for stein, burde hun kunne skyve den inn på Callies rom, slik at Rory ikke kom hjem og så monsteret i all sin nakne prakt.

Men da hun ga ham et prøvende dytt, rørte han seg ikke i det hele tatt. Hun la hele sin vekt på ham og dyttet mot siden hans, for Callie ville ikke tilgi henne hvis hun brøt av den enorme pikken, men han rørte seg ikke. Kanskje han var av stein og bare varm fordi han hadde stått i solen.

"Du bør gjemme ham før jeg kommer hjem fra middag, Callie," mumlet hun mens hun gikk mot ytterdøren. Hun hadde ikke lyst til å bruke kvelden på å forklare peniser for en seksåring.

Rory ville selvsagt ikke vært Rory hvis hun ikke ville at Tacey skulle forklare noe.

"Mamma, hvem er One Direction? Bestemor sa at du elsket dem. Jeg trodde du bare hadde lov til å elske én mann, ikke fem. Hvordan kan du elske fem menn?"

Et øyeblikk ønsket Tacey at hun kunne forklare steinpeniser i stedet.

Hun trakk pusten dypt. "De var et band da jeg gikk på high school, kjære. Jeg elsket musikken deres, ikke dem. Jeg møtte aldri noen av dem. Jeg så dem bare på TV. På samme måte som du elsker Mandalorianerne."

"Men jeg vil gifte meg med mandalorianeren. Du kan ikke gifte deg med alle fem mennene. Da ville jeg hatt fem pappaer, og du sa at selv én pappa er mer enn vi trenger. Vi har ikke nok soverom til fem av dem."

Tacey så skjevt på moren.

Mamma trakk på skuldrene. "Hun lette etter mer tegnepapir i pulten din, og fant en bunke One Direction-plakater. Jeg tok dem ned fra veggen, men jeg kastet dem ikke, i tilfelle du fortsatt ville ha dem, så da hun kom for å spørre meg om dem, fortalte jeg henne det."

"Vel, du kan trygt kaste dem bort nå. Selv om jeg kanskje ikke ville sagt nei til Harry hvis han noen gang spurte meg, tviler jeg på at det er noen sjanse for at jeg kommer til å treffe, enn si gifte meg med noen av dem. Særlig ikke hvis Rory vil ha astronauttrening så hun kan fly sitt eget romskip i fremtiden, akkurat som mandalorianeren." Tacey rufsete Rory i håret.

Rory bøyde seg forskrekket tilbake. Et øyeblikk trodde Tacey at hun faktisk kom til å bite henne - noe hun ikke hadde gjort siden hun var liten. "Mamma! Vil du kjøpe et romskip til meg også? Når jeg blir voksen og dusørjeger?"

Taceys mor gjorde store øyne. "Det høres ikke passende ut."

Å, ikke nå igjen. "Da bør du si det til Octavia, ikke meg. Det var hun som fikk Rory inn i Star Wars og alle spinoffene." Men mamma ville aldri tro at Octavia kunne ha skylden. Hun mente at hun hadde oppdratt Octavia for perfekt til det.

"Du kan alltids flytte hjem igjen, så vi kan hjelpe deg med å ta vare på henne. Du kan gå på universitetet som søsteren din og bli til noe," begynte mamma håpefullt.

Hun burde stoppe den tankegangen før mamma kom lenger. Tacey ristet på hodet. "Nei, mamma, jeg har det fint med å drive kafeen og bo i Bell House sammen med de andre jentene. Det er snilt av deg å ha Rory på overnattingsbesøk innimellom, men det er dette livet jeg vil ha. Jeg er ikke Octavia."

Perfekte Octavia, det andre barnet de hadde gjort alt riktig med, etter at de hadde rotet det til med henne. Foreldrene hennes hadde aldri sagt det høyt, men Tacey visste at de hadde tenkt det. Hvis de visste halvparten av det Octavia hadde gjort, både mens hun fortsatt bodde hjemme og nå som hun hadde flyttet ut ... men hun ville heller la mamma tro på den vakre løgnen enn å svikte Octavias tillit.

"Men nå er Octavia ute og jobber så mye at hun ikke har tid til å hjelpe deg med å ta vare på Rory. Hvis du flyttet hjem igjen ..." begynte mamma håpefullt.

"Rory er på skolen fem dager i uken nå, mamma. Og Octavia har bare en midlertidig kontrakt. Når den er over, skal hun jobbe på kafeen sammen med meg innimellom utviklingen av spillet hun jobber med."

"Hvis hun ikke hadde hjulpet deg så mye, ville hun kanskje ha gjort ferdig det spillet sitt og solgt det for millioner til et spillselskap. Du kan ikke stole på at søsteren din skal hjelpe deg med alt, Tacita Bell. Hun har sitt eget liv å leve, vet du."

Som om Octavia noen gang ville la Tacey stå i veien for ambisjonene hennes. Octavia hadde valgt ut eiendommen der de hadde åpnet kafeen på grunn av det perfekte atelieret i overetasjen. Tacey insisterte på at hun skulle jobbe et og annet skift i kafeen - betalt, selvfølgelig, for så gjerrig var hun ikke - i bytte mot gratis husleie i overetasjen, og Octavia hadde øyeblikkelig gått med på det. Hvis Octavia ønsket å endre avtalen, trengte hun bare å spørre. Som det var nå, hadde Tacey måttet spørre Octavia om lov til å la Rochelle bo der mens Octavia jobbet i gruven nordpå. Hvis det hadde vært noen andre enn Rochelle, ville Octavia sannsynligvis ikke ha tillatt det, men de hadde vært venner på universitetet og jobbet sammen på et hemmelig filmprosjekt med Rochelles blodsuger av en eks-kjæreste. Helt til han slo gjennom med sin egen videostreamingkanal, og lot jentene fullføre prosjektet uten hjelp fra ham.

Rochelle hadde det mye bedre sammen med Ben, mente Tacey.

"Hører du hva jeg sier, Tacita Bell?" forlangte mamma.

"Ja, mamma", løy Tacey.

Mamma himlet med øynene. Hun var kanskje ikke den perfekte moren - og som mor selv var Tacey ikke sikker på om noen kunne påberope seg den tittelen - men hun visste når Tacey ikke snakket sant. "Kom og dekk på bordet til middag. Aurora hjalp til med å lage det, vet du."

Rory valgte akkurat det øyeblikket til å begynne å lytte til samtalen deres. "Ikke kall meg det! Det er et prinsessenavn! Jeg er ikke noen dum prinsesse!

Jeg skal bli galaksens beste dusørjeger, og jeg kan bringe deg inn i varmen eller ..."

Det var én måte å stoppe mor på. Det tok nesten tjue minutter å roe ned Rory, og i løpet av den tiden holdt middagen på å brenne på, og da maten stod trygt på bordet, om enn litt mer gjennomstekt enn vanlig, hadde mamma helt glemt den forelesningen hun hadde tenkt å holde.

Gudskjelov.

Fem

Wystan våknet i mørket og følte seg som en guttunge igjen, tilbake i en elv full av ål. Alt rundt ham vred seg så mye at han knapt kunne kjenne det iskalde vannet i det hele tatt. Så brøt han gjennom overflaten, og innså hvorfor: Han hadde ikke vært i vannet, bare i gjørmen. Og de vrimlende, sprellende skapningene rundt ham var ikke ål, men mennesker, omtrent som ham selv.

Helt til de foldet ut vingene og tok til å fly.

Hjelp med å beskytte oss. HJELP.

Wystan var ikke sikker på om ordene fløt på vinden eller om de ga ekko inne i hans eget hode, men han kunne ikke motstå dragningen. Også han foldet ut vingene og tok til værs.

Vent... hadde han vinger?

Han vred seg i luften for å se de store, flaksende tingene, og holdt på å falle ned fra himmelen. Bakken kom så fort opp at det måtte noen kraftige slag og et svev som han kjente i dypet av magen til for å hindre ham i å styrte. De andre var så langt foran ham at det ikke ville være noe igjen for ham å gjøre når han nådde henne.

Og det var en kvinne. Han hadde aldri klart å motstå et kvinnelig rop om hjelp, selv når det ikke var noe han kunne gjøre. Han måtte prøve. Han kunne ikke se seg selv i speilet hvis han ikke i det minste prøvde.

Til slutt tok han de andre igjen - på den flate toppen av et enormt tårn. Han ville ha sagt at det var det største tårnet han noensinne hadde sett, men da ordene forlot leppene hans, ville de ha vært løgn, for dette tårnet sto ikke alene. Nei, det var ett av mange - alle bygget tett sammen, av ulik størrelse, med flere vinduer enn vegger langs sidene, og alle reflekterte lysene i gatene nedenfor.

Som Glasgow, bare i større format, større enn han noen gang hadde trodd var mulig. Han kikket på lysene nedenfor. Et stort panel forkynte at lokalene var en kafé, etablert i 2002.

Slik gikk det altså når en by vokste i mer enn hundre år. Han sov i mørket. Byen vokste oppover og utover, mens Wystan fikk vinger.

Men selv da han nærmet seg toppen av tårnet, kjente han dragningen som beveget seg bort fra ham. Kvinnen som trengte hjelp, var ikke her.

Han kunne ikke la henne passere utenfor hans rekkevidde. Han hadde bare ett formål, og det var å beskytte henne. Selv om hun løp fra ham. Han måtte fange henne, selv om hun beveget seg ufattelig fort.

"Så fly fortere," sa han til seg selv, mens de andre satte av gårde for å følge den samme tråden som trakk i ham. En tråd som trakk dypt inne i brystet hans, knyttet tett rundt hjertet hans.

SEKS

Tacey befant seg på kjøkkenet og holdt på å fylle oppvaskmaskinen da mamma igjen trengte henne opp i et hjørne. "Jeg er bekymret for dere jenter i det huset, helt alene. Jeg ville følt meg mye tryggere hvis dere hadde hatt en mann i nærheten, eller til og med en stor, hissig hund. Faren din kjenner en som avler opp pitbull-hunder som er gode vakthunder. Kanskje hvis du snakket med ham..."

"Mamma, vi har det bra, og du vet at leiebetingelsene for Bell House ikke tillater menn å bo der. Bare kvinner. Dessuten har vi Callie, og hun er skumlere enn noen mann jeg kjenner. Har jeg fortalt hva som skjedde med den siste fyren hun datet? Han brukte halve daten på å tekste på mobilen, så var han uhøflig mot servitrisen, så hun endret språket på mobilen hans til gammelegyptisk mens han var på badet. Etter at hun satte telefonen hans på lydløs, ikke forstyrr-modus. Og så laget kjøkkenet ved et uhell ekstra krydret mat til ham, så øynene og nesen hans rant så mye på slutten av daten at han ikke engang merket at hun gikk. Hvis noen våger å gå imot Callie, vil hele universet konspirere for å straffe ham." Tacey fikk en forferdelig tanke - hva om gargoyle-statuen en gang hadde vært en ekte mann som var blitt forvandlet til stein? Callie sa at magi og hekseri ikke fantes, men slik hun gikk rundt og truet med å forbanne folk, hadde Tacey aldri vært sikker på hva hun skulle tro. Og så hadde det vært det demonbesvergelsesritualet på kirkegården. Det var nok best at sikkerhetsvakten hadde avbrutt dem, for hun hadde definitivt følt at noe skjedde. Hvis de hadde klart å fullføre trolldommen, hvem vet hva som ville ha skjedd? Ville en ekte demon ha dukket opp? Hva ville de ha gjort i så fall?

Mamma ristet på hodet. "Snakker du om kusinen din, Callie? Hun som jobber på universitetet og ikke har vokst en centimeter siden hun var tolv?

Matt ville knust henne i to uten å blunke for å få tak i deg."

Tacey sukket. "Mamma, Matt er i fengsel, der han hører hjemme. Han har det sikkert ille nok der uten en eneste av Callies forbannelser."

Mamma mistet munn og mæle. "Mener du at du ikke har hørt det? Han har fått en ny, fancy advokat som anket dommen, og han er blitt løslatt. Frifunnet fra alle anklager. Det har vært på nyhetene."

Denne gangen falt kjeven til Tacey. "Det kan du ikke mene. Han har ikke engang sonet halve straffen. Han kan ikke engang prøveløslates før ... før Rory er ferdig med barneskolen!"

Mamma ristet på hodet. "Han har vært overalt på nyhetene og sagt at rettferdigheten har skjedd fyllest. Han er mye større nå, etter all tiden i fengsel. Som en bodybuilder."

Tacey grøsset. Matt hadde alltid drevet med sport, men ikke med å bygge muskler. Kanskje han hadde trengt det for å overleve i fengselet. Og her hadde hun håpet at han hadde blitt en bitch for en biker, og ... nå var han fri?

I et vanvittig øyeblikk ønsket hun at Callies magi på kirkegården faktisk hadde virket, slik at hun kunne låne Aletheas demonbeskytter til å stå vakt utenfor huset sitt.

Så ristet hun på seg. Matt visste ikke engang hvor hun bodde. Han ville jo ikke ligge på lur på dørterskelen og vente på henne.

Det var i hvert fall det hun sa til seg selv.

Hun tørket hendene på et kjøkkenhåndkle og tvang frem et rolig smil for morens skyld. "Takk for middagen, mamma, og for at du tok deg av Rory. Jeg bør nok få henne hjem nå." Hun gikk inn i stuen, der Rory bevisst ignorerte Disney-tegnefilmene til fordel for legoen som lå spredt utover teppet. Selvsagt holdt hun på å bygge et slags romskip. "Kom igjen, Rory. På tide å gå hjem."

Rory hoppet opp på beina. "Kan vi ta med oss legoen, så jeg kan bygge ferdig skipet mitt?"

"Nei, legoen må bli her hos bestemor. Hun skal ta godt vare på skipet ditt, og det skal stå her og vente på deg når du kommer tilbake."

Rory surmulte, men hun kom med på det. "Jeg kan vel ikke fly det ennå, så jeg har tid til å bygge verdens beste romskip. Pass godt på det, bestemor!"

Mamma lovte at hun skulle gjøre det, så med en siste runde kyss og kos fikk Tacey skyndet Rory ut døren og inn i bilen.

Sju

H*vis du bare ville hjelpe meg...*

Det kom som en hvisking i vinden, men Wystan hørte det fra sitt utkikkspunkt på taket. Han kunne nesten føle frustrasjonen hennes, som om den var hans egen. Men det var en befaling han ikke kunne ignorere, så han snek seg gjennom veggene til et sted der han kunne finne henne og hjelpe.

Bare for å finne seg selv i den spisse enden av et sverd som var nesten like stort som den som svingte det.

"Jeg kan ta deg med inn i varmen, eller jeg kan ta deg med inn i kulden, monster!" proklamerte den halvlitersstore jenta og blottet tennene.

Hvordan en så liten person kunne bruke et så stort sverd...

Wystan berørte undersiden av bladet med en finger. Det var varmere enn metall. Mer som sølvforgylt treverk, men treverk som var så lett at...

Jenta løftet sverdet og slo det ned på hånden hans med nok kraft til at slaget faktisk sved. Litt, i det minste.

"Det er ingenting i forhold til hva mamma kommer til å gjøre med deg hvis hun ser deg her inne! Ingen monstre er tillatt i huset!" snerret hun.

Wystan la hodet på skakke. "Hvis du ikke ønsker min hjelp, hvorfor tilkalte du meg da?"

Hun sperret opp øynene. "Er du her for å hjelpe meg?"

"Du ba om min hjelp, så jeg kom. Jeg er forpliktet til å beskytte..." Den rødhårede kvinnen, holdt han på å si, for det var det de andre hadde fortalt ham, og han visste at det var sant. Men han hadde hørt barnets rop og besvarte det som en befaling. "Det er min plikt," avsluttet han i stedet.

Nå ble øynene hennes smalere. "Så du er ikke et monster, da?"

Han gestikulerte mot vingene sine. "Jeg er slik du ser meg." I monstrøs skikkelse med vinger, horn og hale, akkurat som de andre.

Jenta tygget på leppen. "Mamma sier at det finnes monstre i alle former og fasonger. De verste ser ut som vanlige mennesker, så du tror ikke at de er monstre før de prøver å skade deg. Og noen ser skumle ut, men de er egentlig veldig snille. Det er fint å beskytte folk, ikke sant?" Nå virket hun ikke så sikker på seg selv, hun senket sverdet.

"Du bør ikke senke våpenet ditt, med mindre du er sikker på at motstanderen ikke vil skade deg," sa Wystan og trakk sverdet opp for å peke på ham igjen. Ja, det var lett, og ikke spesielt skarpt. I verste fall kunne det gi blåmerker hvis det ble brukt kraftig nok. "Men jeg vil verken skade deg eller tillate noen å skade deg. Det er en beskytters plikt."

Jenta nikket langsomt. "Det er derfor du får lov til å komme inn i huset. Du er en snill monsterbeskytter."

Det kunne han ikke argumentere mot. "Det er jeg."

Noen hamret på døren. "Rory? Er du klar til å legge deg?"

Panikken blusset opp i jentas øyne, og hun holdt på å miste sverdet. "Jeg er akkurat ferdig med sverdøvelsen min, mamma!"

"Nok trening for i kveld. Du har ett minutt på deg til å få på deg nattøyet, ellers slukker vi lyset!" ropte mamma gjennom døren.

"Ja, mamma!" Så senket jenta stemmen til en hvisking. "Du må gå nå, før mamma kommer. Hvis hun ser deg, kommer hun til å ringe tante Callie og tante Octavia, og de bryr seg ikke om du er et snilt eller slemt monster, de kommer til å sparke deg rett ut av huset. Fort, gjem deg!" Hun dyttet ham mot garderoben.

Wystan lot henne dytte ham inn i garderoben. Hun tok tak i døren og begynte å lukke den, før hun ombestemte seg og holdt ut sverdet. "Her. Så du kan slåss mot de slemme monstrene, hvis de kommer."

Han tok imot tilbudet i den ånden det ble gitt, og ville ikke fortelle henne at et slag fra hans levende steinnæve ville gjøre langt mer skade enn hennes spinkle våpen.

"Tiden er ute!"

Døren smalt opp, og mørket omsluttet Wystan igjen.

Åtte

Tacey forventet å finne Rory i dagklærne sine, men underet over alle undere var at hun faktisk hadde på seg Yoda-nattøyet sitt. Enda mer mirakuløst var det at hun ikke holdt plastsverdet Octavia hadde kjøpt til henne.

"Hvor er sverdet ditt?" spurte Tacey og snudde seg ned i sengen.

"I skapet." Rory tygget på leppen og kikket på skapdøren. Så fortsatte hun hastig: "Det er et monster der inne, og han sa at han er her for å beskytte oss, men ..." Underleppen dirret, som om hun hadde lyst til å gråte, men hun prøvde desperat å la være.

Tacey holdt opp en hånd. "Hva er regelen om monstre?"

Rory trakk seg opp. "Ingen monstre er tillatt i huset!"

"Har de lov til å gå inn i skapet?"

"Nei!"

Hvis Rorys monster virkelig fantes, syntes Tacey veldig synd på det akkurat nå.

"Så hva sier vi til monstre som våger å trenge seg inn i huset vårt?" spurte Tacey.

Rory gliste vilt. "På tre, mamma?" Da Tacey nikket, begynte hun å telle: "En, to, TRE!"

"Kom deg ut av dette huset, monster, du er ikke velkommen her. Ellers sparker vi deg ut så hardt at du kommer til å smake sokker i en uke!" ropte de sammen.

Rory fniste. "Jeg likte det likevel bedre da vi sa at vi skulle sparke ham i baken."

Ja, det gjorde Tacey også, helt til Rorys lærer hadde klaget over at hun hadde truet en av de små drittsekkene i klassen med en velfortjent omgang juling fordi han hadde stjålet tingene hennes. Så da ble det sokker.

"Skal vi sjekke om han er borte?" spurte Tacey og strakte seg etter dørhåndtaket.

Vanligvis var Rory veldig ivrig etter denne delen, men nå virket hun motvillig. "Vil du virkelig sparke ham i baken, mamma? Han er et snilt monster, selv om han ikke ser så snill ut ..."

Først ville hun ha en demonbeskytter, og nå forestilte Rory seg en. Dette måtte ta slutt.

Tacey rykket opp skapdøren.

Ni

Wystan betraktet den rødhårede moren fra innsiden av veggene. Han trengte bare å strekke ut hånden, så ville han kunne berøre det forundrede ansiktet hennes mens hun gransket datterens klær etter tegn på monsteret som datteren hadde fortalt henne om.

Monsteret hun hadde beordret ut av huset sitt. En ordre Wystan kløddde etter å adlyde, uansett hvor mye han ønsket å bli.

Så plukket kvinnen opp sverdet fra gulvet i klesskapet og svingte det med like stor besluttsomhet som datteren. "Og hvis jeg noen gang ser deg her igjen, monster, skal det ikke bare være foten min som kommer i kontakt med ræva di!"

Den lille jenta... Rory? Et merkelig navn på en jente, men han hadde i hvert fall hørt moren kalle henne det. Rory falt sammen i fnising på sengen, og moren sendte henne et lite smil før hun satte fra seg sverdet og lukket skapdøren.

Moren la datteren i seng, og han gikk opp på taket og adlød trangen som skrek gjennom hodet hans. Det var først da han nådde taket at han slappet av. Det var moren som hadde tilkalt ham på kirkegården, det var han sikker på, men den magien som hadde forhekset ham, fikk ham også til å adlyde datterens befalinger.

Hvis hans egen datter hadde levd ... ville hun ha vært like uredd eller like fengslende som Rory? Han ville ha likt det hvis hun var det.

Rorys mor var en rasende ild sammenlignet med Effies mildhet. Effie ville nok ha satt frem et fat med melk til monsteret. Hun ville i hvert fall ikke ha truet ham med juling.

Han undertrykte en latter. Men han skulle gjerne sett Rorys mor prøve.

Men han kunne aldri tillate det, for hvis hun klarte å sparke mot noen del av anatomien hans, ville hun sannsynligvis skade foten sin. Levende stein var mye hardere enn menneskekjøtt. Og han var forpliktet til å beskytte henne og datteren hennes.

Så han ville bli her oppe på taket, lydig mot hennes ønsker, og våge seg inn i veggene i et av uthusene om dagen. Skulle hun eller Rory trenge hans hjelp, kunne de ringe, og han ville svare.

Han ville holde seg nær nok til å holde øye med henne. Dette var et hus av kvinner, uten menn til å beskytte dem før han og hans like var blitt tilkalt. Var det derfor de hadde blitt tilkalt? Fordi kvinnene trengte beskyttere? Lurte faren her, usett?

Han hadde ikke sett noe så langt som kunne få ham til å tro det, men kanskje tiden ville vise det. Han hadde aldri trodd at han skulle miste Effie på grunn av noe så ordinært som fødselen av deres første barn.

Og nå var han her, forpliktet til å beskytte en mor og et barn, etter at han hadde sviktet sin egen familie. Skjebnen hadde gitt ham en ny sjanse, og han ville ikke svikte denne gangen. Uansett hva fremtiden ville bringe for Rory og moren, skulle han beskytte dem. Rory og moren hadde tross alt allerede overlevd jentas fødsel. Enhver annen fare kunne han håndtere.

Selv om han måtte holde øye med dem fra taket og uthusene.

Han trengte jo ikke tak over hodet lenger. Han var tross alt laget av levende stein.

Som for å teste hans besluttsomhet bestemte skyene over ham at det var på tide å regne.

Wystan løftet blikket mot himmelen. Han var en gargoyle. I århundrer hadde folk satt gargoyler på bygningene sine for å beskytte dem mot regnet. Han ville holde ut.

Så begynte det å hagle, og Wystan slynget ut en strøm av forbannelser som ikke var egnet for noen kvinnes ører.

TI

"God natt, Rory", sa Tacey da hun lukket døren til datterens soverom.

"God natt, mamma", mumlet Rory fra den andre siden.

Tacey fikk umiddelbart dårlig samvittighet. Hun burde nok ikke ha latt henne sitte oppe så lenge og se på TV sammen med Octavia, men hun likte serien så godt, og det var den eneste gangen hun hadde hatt mulighet til å se Octavia, siden hun hadde jobbet i gruven i ukevis. Selv Octavia hadde ikke villet ta kontrakten, men da mamma hadde sagt at det var for farlig, hadde det vært nok til å få henne til å ombestemme seg. Ikke fordi arbeidet var farlig, men fordi mamma hadde sagt at hun ikke skulle gjøre det.

Så da Rory ville være sammen med tanten Octavia ... nei. Tacey hadde ikke kunnet nekte. Selv om hun skulle på skolen i morgen. Men så hadde det vært en gresshoppe i vasken på badet, så Rory ville ikke pusse tennene før den var borte, og det var mye vanskeligere å fange gresshopper enn det så ut til. Synd at katten ikke hadde vært der og tatt seg av den. Og så hadde Rory ledd så mye at hun ved et uhell hadde spyttet tannkrem ned foran på Yoda-nattkjolen, og den eneste rene erstatningen hadde vært Moana-nattkjolen hun hadde fått til jul, som hun hadde likt godt den gangen, men nå skrek hun som en gal over at hun måtte gå med den fordi Moana var en prinsesse, og Tacey hadde fortalt henne at hun ikke var det, og ...

Tacey lente seg mot veggen og ønsket at hun bare kunne gli ned på gulvet og sovne der på teppet. Hvis hun gjorde det, ville hun sannsynligvis våkne av at Callies gargoyle-statue ruvet over henne og ga henne god utsikt til undersiden av de dinglende bitene hans.

Men det så ut som Callie hadde gjemt statuen. På rommet sitt, mest sannsynlig, med mindre hun hadde tatt den med seg til bryllupet. Så lenge den ikke viste frem sin nakne, maskuline prakt der Rory kunne se den, var det greit for henne hvor Callie hadde plassert den.

Men hun kunne ikke sove ennå. Hun måtte fortsatt handle, og butikkene hadde bare åpent en time til. Hun hadde skrevet en liste over alt de trengte mellom middagslagingen, og Octavia hadde sagt at hun skulle legge til det hun trengte på listen mens Tacey la Rory, men Octavia hadde ikke skrevet noe som helst.

"Octavia! Siste sjanse til å legge til ting på handlelisten, for jeg er på vei ut!" ropte Tacey, mens hun prøvde å snakke lavt.

Ikke noe svar.

Og ingen tegn til Octavia i noen av husets hovedrom, og heller ikke på soverommet hennes.

"Octavia!"

Fortsatt ikke noe svar.

Tacey bannet så Rory ikke skulle høre henne, og strakte seg etter telefonen for å legge den i vesken. Men så ble hun møtt av en sverm av blinkende ikoner for beskjeder og ubesvarte anrop.

Pokker! Hun scrollet gjennom meldingene, hvorav de fleste var varsler om telefonsvarere. Hva var galt med folk? Kunne de ikke sende en enkel tekstmelding i stedet for å tvinge henne til å høre på dem?

Da hun hadde lyttet til alle meldingene, var hun klar til å kvele Octavia. Hun trengte henne her, hjemme, for å være sammen med Rory, slik hun hadde lovet, mens Tacey gikk ut.

Hun drev sikkert med yoga i hagen igjen. Eller så på stjernene. Eller noe annet som tok all oppmerksomheten hennes, slik at hun ikke engang hørte søsteren rope navnet hennes.

Det var i slike stunder Tacey ønsket at hun ikke var aleneforelder. At hun hadde en partner, noen hun kunne stole på når hun trengte HJELP ...

Et øyeblikk lukket hun øynene og ønsket, sendte ut en bønn til universet om at det fantes noen der ute som en av heltene i Callies kjærlighetsbøker, en helt som både ville ta vare på henne og støtte henne mens hun forfulgte drømmene sine.

Bare én mann blant millioner.

Som hun sannsynligvis aldri ville møte, eller ikke engang gjenkjenne hvis hun møtte ham, for det fantes flere menn som Matt i verden enn perfekte helter.

Og likevel kunne hun se lys i den svingete oppkjørselen. En bil på vei opp mot Bell House.

Hadde den perfekte romantiske helten tatt en feil vei som skulle vise seg å være riktig?

Tacey holdt pusten da bilen kom til syne.

Pokker ta Octavia og den lille kombikupéen hennes.

"Hvor har du vært?" forlangte Tacey, og marsjerte bort til bilen før Octavia i det hele tatt hadde fått den til å stoppe. "Du sa at du skulle bli her og passe Rory i kveld, og jeg må ..."

"Å, jeg var på kafeen. Bestyreren ringte og sa at det hadde vært innbrudd og at politiet var der, og du var opptatt med å legge Rory, så jeg tok telefonen og gikk bort for å se hva skaden var. Det ser ut som om de har klatret gjennom vinduet i andre etasje og gått rett til kassaapparatet, og da de så at det var tomt, knuste de et av kakeskapene på disken, og så dro de. Da jeg kom dit, var politiets kriminaltekniker allerede i gang med å lete etter fingeravtrykk, men han sa at han ikke forventet å finne noen, bortsett fra de ansatte, for det var bare hanskeflekker på vinduet ovenpå, så innbruddstyven hadde sannsynligvis hansker på seg." Octavia lukket bildøren og låste den bak seg. "Men ikke vær redd. Jeg har feid opp glasset, og noen kommer og reparerer vinduet i morgen tidlig." Hun kikket på klokken. "Skal du ikke handle mat? Butikkene stenger om mindre enn en time, og du vet hvordan Callie blir hvis hun ikke får frokost."

Tacey klarte ikke å lukke munnen. Faen, Octavia var verdens beste søster. Tacey kastet armene rundt henne og klemte henne hardt. "Du er den beste, vet du det? Jeg vet ikke hvordan jeg skulle klart meg uten deg."

Octavia holdt ut omfavnelsen, så lirket hun Tacey forsiktig bort fra henne. "Det ville du ikke, og det vet vi begge. Og jeg vet at du sa at jeg skulle skrive hva jeg ville ha på listen, men ... ærlig talt, alt jeg vil ha, er litt av maten din, for å vaske smaken av all den leirmaten ut av minnet. Selv din verste eksperimentelle matlagingssvikt vil smake bedre enn DET."

"Ingenting er så ille som chili-sjokoladeburritos", sa Tacey, mens tungen fortsatt brant ved minnet.

"Jeg likte dem. De hadde kanskje vært bedre med litt mindre krydder, men Callie laget mer enn nok margaritaer til å slukke brannen. Jeg tror det er på tide med et nytt forsøk. Hvis du lager en Rory-sikker versjon, vil den kanskje smake så godt at du serverer den til lunsj på kafeen din før du vet ordet av det. Hvem sier vel nei til å spise sjokolade til lunsj?"

Enhver fornuftig mor som hadde en datter som Rory, tenkte Tacey, men sa det ikke. "Greit, jeg løper opp til butikken. Rory ligger i sengen og burde sove, men hvis hun står opp ..."

Octavia viftet med hånden. "Ja, ja, jeg vet det. Drikk litt vann, gå på toalettet, hva som helst, bare rett i seng igjen og ikke mer TV før i morgen. Hverken for henne eller meg. Jeg ville brainstorme noen av de nye ideene til VR-prosjektet jeg har tenkt å jobbe med i morgen. Du har vel ikke noe imot at jeg jobber ovenpå denne uka? Rochelle har flyttet ut alle tingene sine, så jeg er ikke i veien for henne."

Tacey nikket automatisk. Hun forsto ikke hvorfor Octavias VR-prosjekt var så viktig for henne, men hvis plassen over kafeen var prisen for all hjelpen hun hadde gitt Rory og kafeen, kunne ikke Tacey si nei.

"Da kan du gå og handle inn mat, da!" sa Octavia og puffet Tacey mot sin egen bil.

Noen ganger lurte Tacey på hvem av dem som skulle være den eldre, mer organiserte søsteren. Men akkurat nå brydde hun seg ikke om det.

Elleve

Denne gangen hørte Wystan ikke så mye kallet som han følte det i beina, og det trakk ham ned fra taket og ut i hagen. Men han tvang seg til å stoppe opp i skyggen på verandaen, trekke pusten og stålsette seg før han presenterte seg for henne. Han hadde ikke råd til å rote det til, ellers ville hun forvise ham til taket igjen. For å beskytte henne måtte hun tillate ham å være nær, uten murer mellom dem.

Det betydde at han måtte gjøre et godt nok inntrykk til å få henne til å revurdere regelen om ingen monstre i huset. Eller i det minste la ham være et unntak fra den regelen...

Dette ville kreve at han var flink til å snakke, og det var ikke akkurat hans sterke side. Hele livet hadde han vært bonde, og bønder var alt annet enn fancy. Han skulle ønske Effie var her for å hjelpe ham nå.

Kraftige lys blendet ham, og beveget seg oppover oppkjørselen. Det var en av de hesteløse vognene som alle disse jentene så ut til å ha, med den rødhårede kvinnens søster ved rattet. Tacey, hadde han lært at hun het, selv om han mistenkte at det var et kjælenavn for noe annet. Søsteren het tross alt Octavia, så Taceys foreldre hadde sikkert gitt henne et like formelt, latinskklingende navn.

Men hun kalte datteren sin Rory...

De to kvinnene snakket om et innbrudd på en kafé. Stedet Tacey jobbet, antok han, hvis det var dit hun gikk tidlig hver morgen, før noen andre i huset var våkne.

Kanskje det var der hun trengte beskyttelse, i stedet for i dette huset hun delte med datteren og søsteren. Og heksen, som hadde forsvunnet med Grant. Hvis han hadde forventet trøbbel fra noen, ville det ha vært de to, men nå som de var borte, var dette huset så rolig at han ikke kunne forstå hvorfor Tacey trengte en beskytter.

Så etter at Tacey kom tilbake fra handleturen, og hun og søsteren hadde trukket seg tilbake for natten, fulgte han med og ventet på at ... ja, noe skulle skje, og da det ikke skjedde, skjerpet han sin beslutning. Når Tacey dro på jobb om morgenen, skulle han bli med henne til kafeen og passe på henne der.

Månen sto fortsatt høyt på himmelen, og det var ingen tegn til gryende daggry da Tacey satte av gårde i den hesteløse vognen sin neste dag. Hun så ikke ut til å legge merke til den flygende skikkelsen høyt over seg, ikke engang da hun stoppet ved et rødt lys som tydeligvis signaliserte en slags advarsel Wystan ikke forsto.

Til slutt trakk hun vognen opp foran glassvinduene til Shut Up Café. Wystan kunne bare stirre. Han kunne ikke forestille seg at noen i hans tid hadde tillatt en kafé med et så grovt navn å eksistere, enn si å proklamere navnet sitt til alle og enhver på et godt opplyst skilt ut mot gaten, men likevel var den her.

Det var mørkt inne da hun vred om nøkkelen i låsen og åpnet dørene, gled raskt inn før hun smalt dem igjen bak seg, som om hun ikke ville at han skulle følge etter.

Wystan hadde ikke noe imot det. Faktisk hadde han regnet med å måtte holde seg på avstand, så han hadde allerede inntatt en utkikkspost på toppen av bygningen tvers over veien fra kafeen, ved siden av en knebøyd gargoyle-statue med et ubeskrivelig selvtilfreds uttrykk. Wystan var fristet til å tippe den ned fra taket for å knuse den på veien nedenfor, men han lot være. Det var bedre å ikke varsle noen om hans årvåkne nærvær.

Da det begynte å lysne, gikk han over gaten og gled inn mellom kaféveggene, slik at han kunne fortsette å holde øye med henne i dagslys.

Han så på, ja ... og han klarte ikke å slippe blikket fra henne. Tacey var ikke bare en ansatt, men innehaveren av kafeen, som serverte alt fra vanlige arbeidere i støvflekkete klær til fornemme menn i formelle dresser. Enda merkeligere var det at hun serverte dem alle på samme måte, og lot alle stå i kø for å bli betjent som om alle menn og kvinner som kom inn på etablissementet hennes var like. Og måten hun serverte dem på ... det var som om hun var hjemme, og de var hennes gjester, ikke hennes kunder. For første gang ble han minnet om Effie, selv om Tacey på ingen måte lignet henne. Hun hadde harde linjer i motsetning til Effies mykhet, og hun var høy som en mann, der Effie knapt nådde opp til skulderen hans.

Og Tacey kunne lage mat ... de herlige duftene som spredte seg fra kjøkkenet hennes var nok til å få selv en gargoyle til å sikle. Takk og pris for at han var innenfor murene da han gjorde det, ellers ville han ha etterlatt seg en stor sølepytt før dagen var omme. Muffins, kaker, kjeks og alt mulig annet godt, i tillegg til kopp etter kopp med kaffe som luktet bedre enn noe brygg han noen gang hadde drukket.

Tusen ganger fikk han lyst til å våge seg ut fra gjemmestedet sitt. For å presentere seg for henne som hennes beskytter. Be om en kopp kaffe, om så bare for å inhalere duften, for han hadde ikke behov for å drikke den. Eller gå bort til disken, se henne i øynene og trygle henne om å revurdere sin regel om monstre, for kaféeieren som behandlet alle mennesker likt, uansett om de var av høy eller lav klasse, kunne vel ikke finne på å være høflig mot en som ham ...

Men han sto imot, og holdt seg innenfor murene, helt til solen endelig gikk ned og han igjen stasjonerte seg på et nabotak, for med avstand var det litt lettere å motstå fristelsen. For ikke å snakke om at han her oppe ble minnet på at den selvgode, kneboyde gargoylen fulgte med på alt han gjorde og vurderte ham.

Da natten falt på, fulgte han etter vognen hennes til Rorys skole, der hun hentet jenta før hun dro hjem til huset hun delte med søsteren. Helt uvitende om beskytteren som fulgte etter og våket over henne.

Dagene og nettene fulgte et fast mønster: Han fulgte Tacey til jobben og hjem igjen, passet på henne om kvelden før han dro til kafeen med henne før daggry. Det var en behagelig tilværelse å være Taceys beskytter, for det var svært lite å beskytte. Alt han gjorde var å stå på vakt og vente.

Helt til han en morgen fikk vite hvorfor han var blitt tilkalt.

TOLV

Tacey var ikke sikker på hva som var galt med henne denne uken. Hun hoppet til ved den minste lyd, og hun kunne ha sverget på at hun følte at noen holdt øye med henne minst et dusin ganger om dagen, men når hun så seg rundt, kunne hun ikke se noen som ga henne særlig oppmerksomhet. Hun lot det likevel ikke svekke stoltheten hun følte for arbeidet sitt, enten det gjaldt matlaging, brygging, servering eller regnskapet, som hun hadde utsatt til lørdag morgen, men hun visste at hun ikke kunne vente lenger.

Dessuten måtte hun vite hvordan hun lå an økonomisk. Pandemien hadde stengt kafeen hennes i flere uker, og selv med hjelp fra myndighetene hadde de så vidt klart å holde seg flytende før de fikk lov til å åpne igjen. Det hadde ikke hjulpet at det fortsatt var vanskelig å få tak i de mest grunnleggende forsyningene. Hva var det som fikk folk som satt hjemme til å ville bake sitt eget brød? Mangelen på mel og gjær angikk dem ikke nå som de alle var tilbake på jobb og skole, men alle bakerier og kafeer kjempet for å få nok, og leverandørene økte prisene, uten annen grunn enn å øke sin egen fortjenestemargin på bekostning av de allerede kjempende bedriftseierne.

Hvis hun hadde hatt ansvaret for krisetiltak i stedet for den idioten av en statsminister...

Tacey ristet på hodet. Hun drev en kafé, ikke et land, og selv det var en kamp noen dager. Spesielt i dag, da hun både måtte jobbe og ta seg av Rory. Heldigvis satt Rory lykkelig i andre etasje med noen kunstartikler, et utvalg muffins og en varm sjokolade, så hun ville få tid til å gjøre seg ferdig med månedens regnskap før Rory trengte noe annet.

Hun la alt sammen, og så sjekket hun det igjen, bare for å være helt sikker. Først da lente hun seg tilbake og tillot seg selv å smile.

Endelig var kafeen tilbake på sporet. De hadde gjenåpnet for bare noen uker siden, med lave forventninger og ingen anelse om hvor bra det ville gå, men hvis tallene stemte - og det burde de gjøre, for hun hadde sjekket dem to ganger - hadde den siste uken faktisk vært mer lønnsom enn ukene før pandemien startet. Hvis hun kunne fortsette slik, eller kanskje til og med utvide virksomheten, ville hun ha et depositum på huset ved årets slutt. Kanskje til og med stort nok til å ha råd til et sted med en bakgård som ikke var en slangeinfisert busk, slik som Bell House, der Rory faktisk kunne ha en plen og leke ute. Eller, enda bedre, en park i nærheten med plen som kommunen tok seg av, slik at Rory fortsatt kunne ha plenen og Tacey slapp å klippe den.

Hun kunne drømme, ikke sant?

Men hun ville trenge mer enn én lønnsom måned for å få det til. Denne måneden og neste måned og måneden etter det, helt frem til neste år, eller når hun faktisk søkte om boliglån. Og så måtte hun fortsatt holde kafeen i gang, slik at hun hadde råd til å betale ned på lånet...

Det betydde god forretningsplanlegging, basert på denne månedens data, for neste måned.

Planlegging, bestilling, prognoser, menyplanlegging...

Tacey var ikke sikker på om det var timer eller bare minutter senere da hun hørte noen ringe på klokken på disken for å få service. Det var rart, for Rochelle var der ute denne morgenen, og Rochelle var en av hennes beste ansatte. Bedre enn Octavia, til og med, for Rochelle var en mester i latte art, og hvis det var én ting Taceys kunder likte bedre enn en velbrygget kaffe, så var det en pen, velbrygget kaffe. Hvis hun bare kunne overtale Ben til å sette noen av kunstverkene sine på melkeskummet i tillegg til på papiret ...

Rochelle dukket opp i kontordøren og så tydelig forbannet ut, et uttrykk Tacey ikke kunne huske å ha sett i ansiktet hennes før. "Beklager at jeg forstyrrer deg mens du holder på med månedsavslutningen, men det er en kunde ved disken som insisterer på å snakke med sjefen."

Tacey reiste seg og klistret på seg et "ta-ingen-dritt"-smil. "Heter hun Karen?" For Tacey var klar til å refundere hele bestillingen til kjerringa og dytte henne ut døra for aldri å komme tilbake.

Rochelle svelget og kikket seg nervøst over skulderen. "Nei, jeg tror ikke det. Jeg skulle ønske Ben var her."

Nå ringte alarmklokkene i Taceys hode, høyere enn selve bjellen på disken.

"Du blir her, så tar jeg meg av denne kunden. Når jeg har oppmerksomheten deres, sniker du deg ut og går til politistasjonen. Si til dem ... si til dem at alle som jobber på politistasjonen i formiddag, kan få gratis kaffe og muffins hvis de kommer ned til kafeen før klokken tolv." Bare for sikkerhets skyld. Ikke at de noen gang hadde hatt en kunde som var så utagerende at de måtte ringe politiet, og Tacey var nitti prosent sikker på at hun ville sende denne kunden av gårde uten problemer, men likevel ...

Rochelle vippet febrilsk med hodet.

Tacey blåste ut en trussel og marsjerte ut for å ta seg av det trøbbelet som hadde kommet til kafeen hennes.

Tretten

I det øyeblikket Tacey gikk inn på kafeen, visste hun at dette ikke var Karen. Med mindre Karen nå var bygget som et murhus og stjal dressene sine fra The Rock. Hun stilte seg bak disken, hun ville ha noe fast mellom seg og hvem enn denne pikken var før hun snakket med ham.

"Jeg er sjefen her. Hva kan jeg hjelpe deg med, sir?" sa hun mens hun løftet blikket mot ansiktet hans.

Og frøs.

"Du skal utlevere datteren min, kjerring, for hun tilhører meg", hveste Matt, med et ondskapsfullt blikk som hun aldri hadde sett maken til i det vanligvis så sjarmerende ansiktet hans.

Fengselet hadde forandret ham. Ikke bare musklene, men også inni hodet hans.

"Du vil ... hva?" Tacey klarte knapt å få ordene ut.

"Datteren min. Du stjal henne fra meg, sammen med fem år av livet mitt, og jeg vil ha dem tilbake."

Niks. Ingen ord. Matt hadde blitt gal.

I øyekroken så hun Rochelle løpe ut døren og nedover gaten, mot politistasjonen. Tacey krysset fingrene for at de virkelig ville ha gratis kaffe akkurat nå.

Matt lente seg mot disken og raget over henne som om han var vant til å skremme folk. "Jeg skal fortelle deg hvordan dette kommer til å gå. Om to uker, en lørdag morgen, kommer jeg tilbake hit for å hente datteren min. Hvis du er fornuftig, eller hvis du noen gang vil se henne igjen, blir du med oss."

Da helvete frøs til is. Tacey åpnet munnen for å si det.

Matt holdt opp en finger. "Hvis du er dum, eller kanskje bare sta, kan vi ta dette gjennom retten, og jeg skal fortelle dommeren alt om de paranoide vrangforestillingene dine som fikk meg fengslet, og jeg skal også fortelle dem om den falske PR-en du har fått for kafeen din med fyren i dress. Jeg kan fortelle politiet om ham og anmelde deg for bedrageri. Da havner du i fengsel, og du får aldri se datteren din igjen. Det skal jeg sørge for."

Domstol og vrangforestillinger og... svindel? "Mener du Moth Man-videoene?" utbrøt Tacey. "For jeg tok dem ikke. Jeg var ikke engang her. Noen andre tok dem gjennom kafévinduet og la dem ut på Internett. Alt jeg gjorde, var å tilby gratis kaffe til alle som kunne filme vesenet igjen, og det var det ingen som gjorde, så ..." Hun trakk på skuldrene.

"Ikke spill dum. Jeg så fyren i dress her inne snakke med deg. Jeg har alt på film."

Hvem var det nå som hadde vrangforestillinger? Tacey hadde aldri snakket med noen som var kledd som møllmannen.

"To uker. Lørdag morgen. Akkurat her. Og hvis hun ikke er her, vil du ønske at du hadde dødd i den bilen for mange år siden." Han snudde på hælen og gikk ut.

Først da døren hadde lukket seg bak ham, våget Tacey å puste igjen.

Fjorten

H*jelp meg. Det er et monster her. Et stygt et.*

Ropet førte Wystan ikke til kafeen, men til etasjen over, der han fant Rory sammenkrøpet under sofaen. Problemet var bare ... sollyset strømmet inn gjennom vinduene og fanget ham innenfor veggene.

Han gikk bort til veggen nærmest gjemmestedet hennes og sa: "Jeg er her, Rory. Her for å beskytte deg. Men jeg kan ikke komme ut før det er mørkt. Sollys gjør meg vondt. Kan du trekke for gardinene?"

"De er persienner, herr Monster", hvisket Rory.

"De, da."

En lang pause. "Kanskje."

Men hun krøp ut under sofaen og satte kursen mot nærmeste vindu.

Det tok henne en stund, men hun klarte å lukke nok av dem til at rommet ble overraskende mørkt. Wystan stakk hånden ut av veggen. Da fingrene hans ikke ble til stein, gikk han helt ut.

"Vil du beskytte meg mot monsteret?" spurte Rory.

"Selvsagt skal jeg det," sa Wystan. "Hvor er det?"

Rory pekte på gulvet. "Nede i kafeen. Han var uhøflig mot Rochelle, og så ba han om å få snakke med sjefen. Det er mamma. Men han er et monster. Det vet jeg at han er."

Nysgjerrig gikk Wystan mot trappen for å se bedre. Han kunne ikke se stort mer enn den brede ryggen til en mann kledd i fine ullklær, men han kunne høre godt.

"Hva kan jeg hjelpe deg med, sir?" spurte Tacey, i sin overdrevent høflige, men knallharde tone som fikk ordene til å høres overraskende mye mer ut som FUCK OFF. Ord han aldri hadde hørt henne si til en kunde, men når kafeen var tom, i kjøkkenets stillhet ...

Wystans munn åpnet seg. Mannen Rory kalte et monster, hevdet at han var jentas far, og krevde sine rettigheter som sådan.

Wystans hjerte trakk seg sammen i brystet ved tanken på at han ikke kunne se sitt eget barn på fem år. At Effie hadde stjålet barnet slik at han aldri fikk se henne ... det var nesten like ille som å miste dem for alltid, å vite at de var et sted, men at han ikke kunne se dem ...

For ikke å snakke om at mannen var velstående, siden han gikk i en så fin dress. Ville ikke barnet ha det bedre hos faren, som kunne gi henne all mulig luksus? Ville ikke Tacey også ha det bedre hos ham, i stedet for å jobbe for føden, slik hun gjorde nå?

Døren gikk igjen, og mannen var borte. Det gikk et langt øyeblikk før den neste lyden han hørte, var føtter som dundret opp trappen.

"Rory, er du her oppe?" Tacey ropte.

Rory kastet seg for føttene til Wystan og slo armene hardt rundt beina hans. "Du kan ikke la monsteret ta meg!"

Og Tacey slo på lyset.

Femten

Tacey blunket. For det første lurte hun på hvordan Callie hadde klart å få den nakne gargoyle-statuen sin opp hit. For det andre lurte hun på hvorfor. Så tok hun inn bildet av datteren som omfavnet statuens ankler, og lurte på om hun kunne få jenta ut derfra før hun så opp og fikk øye på gargoyleens enorme pakke.

Den var om mulig enda større enn hun husket.

"Kom igjen, Rory, det er på tide å dra hjem", sa Tacey og rakte ut hånden for å hjelpe henne opp.

Rory bare slo armene tettere rundt statuens ankler. "Ikke uten herr Monsterbeskytter. Han er her for å beskytte meg!"

Tacey sukket. Selvsagt ville Rory like den nakne statuen. Når Callie kom tilbake, skulle Tacey banke henne opp til neste uke.

"Jeg kan ikke bære ham ned trappen, kjære. Vi må komme tilbake og hente ham senere, når vi finner noen som er sterke nok til å hjelpe oss med å flytte ham." Flytte ham til et sted Rory ikke ville finne ham.

"Ikke vær dum. Han kan gå, mamma!"

Tacey trakk pusten dypt. "Rory, statuer kan ik ke..."

"Og han kan snakke også! Han er ikke en statue, han er en ..." Rory kikket opp på statuen. "Herr Monster, hva slags monster er du?"

Ett sekund til, og hun ville se pakken hans og begynne å stille andre spørsmål som Tacey ikke var sikker på om hun ønsket å svare på ennå.

"Jeg er en gargoyle, miss Rory, og jeg heter Wystan Steel."

Den beveget seg. Statuen beveget seg faktisk. Eller kanskje Matt hadde rett, og hun hadde vrangforestillinger, og...

Tacey bannet.

"Språk, mamma!"

Faen.

Mannen i dress. Han var bare en mann i dress. Matt må ha sett Rochelle eller Octavia snakke med ham, og tenkte...

Det forklarte den imponerende pakken. Den måtte være falsk også. Laget av samme gummiaktige plast som Callies statue.

Tacey strakte ut hånden for å klemme på den.

Det føltes ikke som gummi i det hele tatt. Den var varm og hard og myk på samme tid, som stål pakket inn i silke. Som en manns egentlige...

Tacey bannet igjen og slapp mannens ... lem. Hun hadde aldri sett en så stor pikk før. Hvordan kunne hun ha trodd at den var ekte?

Hun bet seg i leppen og forsøkte, uten å lykkes, å møte mannens blikk. Han var selvfølgelig dekket av sminke og kostyme og så ut som en statue, men hun visste likevel at han var en mann under alt dette, og hun hadde nettopp tatt tak i pikken hans og gitt den et godt klem. "Unnskyld." Det kom ut som et knirk fra en døende mus.

Munnen hans åpnet seg, og lukket seg igjen, uten at det kom noen ord ut. Mannen marsjerte opp mot veggen og bare forsvant.

Tacey og Rory stirrer etter ham.

Rory kom seg selvfølgelig først. "Du skremte ham bort, mamma! Han lovte å beskytte meg!" jamret hun.

"Jeg skal beskytte deg, vennen min. Det er det mumier gjør", sa Tacey fraværende. Hun visste ikke hvordan hun skulle gjøre det ennå, men hun visste at hun ville gjøre hva som helst for å beskytte Rory mot Matt. Han ville ikke ha henne, ikke så lenge Tacey fortsatt trakk pusten. Hun ville kjempe mot ham hele veien.

Når det gjaldt det hun nettopp hadde sett ... hun hadde tenkt å gjøre sitt beste for å glemme det, og sørge for at Rory også gjorde det. Hun hadde nok å tenke på, bare med Matt.

Seksten

Da de kom hjem, insisterte Rory på å se på TV, og Tacey var for distrahert til å si nei. Tankene hennes var fulle av redsler og mulige løsninger, den ene galere enn den andre. Å flytte til et annet sted var uaktuelt, siden grensene var stengt og all familien og alle vennene hennes var her. Dessuten, selv om hun dro et annet sted, hadde Matt penger til å hyre noen til å jakte på henne.

Hun skulle ønske hun hadde hatt overvåkningskameraer på kafeen, slik at hun kunne fange opp samtalen og bevise for politiet at det første Matt gjorde da han kom ut av fengselet, var å oppsøke henne og true henne på livet. Det var definitivt ikke en uskyldig manns handlinger.

Hun kunne prøve å få et besøksforbud, antok hun, men han ville bare anke det inn for retten, og hvis han hadde en advokat som hadde klart å få hele dommen opphevet, ville besøksforbudet ikke være verdt papiret det var trykt på.

Hun kunne ikke overgi Rory til ham, men kanskje hvis hun ble med henne for å se at hun hadde det bra...Nei. Bare NEI.

Til slutt prøvde Tacey å rydde huset for å få ro i sinnet, men det hjalp ikke. Da hun la Rory i seng den kvelden, var huset skinnende rent, og kroppen var utslitt, men tankene snurret fortsatt som en jetmotor.

Enda verre var det at det bare var henne og Rory i kveld. Callie var fortsatt sørpå, Alethia passet fortsatt huset til foreldrene sine, Sybil var et sted i polarsirkelen på sitt livs arkeologiske utgravning, og Octavia jobbet.

Så uten noen andre å snakke med var et stort glass vin sannsynligvis den eneste måten hun kunne få tankene til å roe seg nok til å sove i natt. Vin eller noe sterkere...

Ja, definitivt noe sterkere. Resten av den flasken vodka de hadde tatt med seg til kirkegården den kvelden de hadde forsøkt å påkalle en demon uten å lykkes, burde gjøre susen.

Først Møllmannen, så en demon, og i dag en gargoyle med monsterpikk. Vel, en mann kledd som en, i hvert fall.

Hva hadde han sagt at han het? Det var merkelig, det var helt sikkert. Winston... nei, Wystan Steel, det var det.

Octavia eller Rochelle hadde sannsynligvis hyret ham til å lage flere PR-videoer for kafeen. Tacey kunne ikke huske at han hadde gått med på å betale for det, men kanskje han hadde gjort det som en tjeneste for dem. Octavia tok jo tross alt betalt når hun fikset datamaskinene til folk, og Rochelle jobbet som betalt skuespiller i Fremantle fengsel.

Men hvorfor de hadde valgt en mann med monsterpikk til å spille et monster...

Tacey kunne ikke la være å tenke på hvordan det hadde sett ut og føltes. Hvis hun lukket øynene, så hun igjen den perfekte pakken, som så ut som bitene av en grå steinstatue, men varm og hard og sannsynligvis fantastisk inni deg når du ble naken med ham.

Tacey ristet på seg. Hun kunne ikke huske sist hun hadde ligget med en mann. Definitivt før

Rory ble født. Det kunne til og med ha vært Matt. Og det ville nok gå flere år til før hun våget å date igjen. Hun burde nok bare bite i det sure eplet og kjøpe seg en vibrator, slik jentene i Callies romantiske bøker gjorde. Alle amerikanske kvinner så ut til å eie en, mens hun ikke kjente en eneste australsk jente som gjorde det. Men sexbutikkene her solgte dem, så noen må jo kjøpe dem.

Men hun måtte faktisk gå inn i butikken for å kjøpe en, i stedet for å bestille en på nettet, for hvis en av de andre jentene så pakken og åpnet den ... ville hun aldri glemme det.

Nå trengte hun virkelig den vodkaen.

Tacey åpnet øynene, blunket og lukket dem igjen.

Hun hadde ikke vrangforestillinger. Når hun åpnet øynene igjen, ville hun oppdage at hun bare hadde innbilt seg at hun så monsterpikken i stuen, og at hun bare hadde sett den for sitt indre øye. Wystan Steels pikk og resten av ham kunne umulig stå foran henne, i huset hennes.

Hun åpnet øynene.

"Du har til jeg teller til tre på å komme deg ut av huset mitt, ellers ringer jeg politiet. Og jeg kommer til å bruke hvert sekund du fortsatt er på min eiendom til å sparke deg i ræva!" Hun grep etter den nærmeste gjenstanden hun kunne bruke som våpen, som viste seg å være Rorys plastsverd, og viftet med det. "Kom deg ut!"

Wystan rygget unna med hendene i været, men han gikk ikke langt. "Fru Tacey, som jeg prøvde å si til frøken Rory, du kan ikke skade meg med den der. Jeg er din gargoyle-beskytter, og jeg er laget av levende stein, desto bedre kan jeg forsvare deg. Selv om det var et ekte sverd, ville det ikke kunne gjennombore huden min."

Tacey lot sverdet falle på gulvet i avsky. Hun ville ikke ha tillatt Rory å ha et sverd i det hele tatt hvis hun ikke hadde vært sikker på at hun ikke kunne skade seg selv med det.

"Hvordan kom du deg inn hit?" spurte hun.

"Gargoyler har den forunderlige egenskapen at de kan gå gjennom vegger."

Hun åpnet munnen for å fortelle ham at han ikke var en gargoyle og at ingen kunne gå gjennom vegger, men det bildet av ham som forsvant i atelieret over kafeen ... han hadde bare stilt seg med ryggen mot veggen og ... puff, borte.

"Men hvorfor er du her?" insisterte hun. Fordi ingenting av det som skjedde i dag ga noen mening. Først Matt, nå Wystan...

"Du tilkalte meg. Du og vennene dine på kirkegården."

"Er du en demon?" hvinte hun og hoppet opp i sofaen. Som om han var en kakerlakk som skvatt over gulvet og som hun kunne unngå hvis hun kom høyt nok opp.

Han sukket. "Jeg er en gargoyle, miss Tacey."

Hun vurderte å be ham kalle henne miss Bell, men hun hatet å bli kalt det. "Bare Tacey. Og du er ... Wystan?"

Han nikket én gang.

"Din gargoyle-beskytter, og frøken Rorys også. Jeg fortalte henne dette for noen dager siden, men tidspunktet for å presentere meg for deg virket aldri riktig før i dag."

For noen dager siden ... som kvelden etter påkallelsen, da Rory hadde kommet hjem etter å ha besøkt mamma? "Fantasimonsteret i skapet hennes, det hun ga sverdet sitt til fordi hun sa at det var et godt monster ... det var DEG?"

"Ja."

"Og du lovte å beskytte henne?"

Nok et nikk.

Taceys skuldre sank ned i lettelse. "Så du er her for å hindre Matt i å ta henne. For å beskytte henne mot ham."

"Er Matt mannen som kom til kafeen i dag? Han som påstår at han er faren hennes?"

"Han er faren hennes." Det sto kanskje ikke på fødselsattesten hennes, men Tacey visste at det var sant.

Gargoylen så bekymret ut. "Jeg har sverget å beskytte henne mot skade, men jeg kan ikke med god samvittighet holde et barn borte fra sin rettmessige far. Eller en kone fra sin ektemann. Hvis du bare gikk til ham og ba om unnskyldning for at du stakk av fra ham med barnet hans, ville han kanskje tilgi deg, og dere kunne bli en familie igjen." Øynene hans ble vemodige. Som om han ønsket at familien hans skulle gjøre det, uansett hvem og hvor de var.

Hva? Gargoyle familier. Hun antok at de måtte eksistere. Hvis det fantes gargoyler, måtte små gargoyler komme fra et sted, og...

"Hvorfor ber du ham ikke bare om tilgivelse?"

Tacey hostet ut en latter. "Tror du jeg skal trygle Matt om å tilgi meg for at han prøvde å drepe oss før Rory ble født? Nei, jeg stakk ikke av. Jeg stakk ikke av. Det var han som havnet i fengsel for å ha forsøkt å drepe oss. Jeg prøvde bare å leve livet mitt og oppdra Rory. Helt til han slapp ut av fengselet denne uken, fordi en fancy advokat og en korrupt dommer løslot ham."

Wystans øyne ble store. "Prøvde han å drepe deg? Hvordan klarte du å overleve?"

Det var et rimelig spørsmål. Selv før han havnet i fengsel, hadde Matt vært en stor fyr. Og sterk, som alle svømmere. Ikke i nærheten av musklene han hadde lagt på seg siden, men likevel...

"Jeg overlevde vel fordi jeg både elsket og hatet bilen hans ..." begynte hun.

Wystan så bare forvirret ut.

"Du vet bilen min, den jeg kjører til jobben i?" spurte hun.

Han nikket.

"Han hadde en gammel klassisk Holden. Stor og vakker, men uten sikkerhetsfunksjoner å snakke om, ikke som min. Så når den krasjer, er det ingen kollisjonsputer som kommer ut for å dempe deg slik at du ikke blir skadet. Uansett, en dag tok han bilen min med på jobb og unnskyldte seg med at han ikke ville parkere den ute på grunn av det dårlige værvarselet, fordi han nettopp hadde fått lakkert et av panelene. Så da jeg skulle til butikken for å hente noe, måtte jeg låne bilen hans. Det jeg ikke visste, var at han hadde kuttet bremsene ... de tingene som får bilen til å bremse eller stoppe ... så når du trykket på dem, fortsatte bilen å kjøre til den krasjet i stedet for å stoppe. Men jeg var veldig nervøs for å kjøre den, så jeg rygget ut på plenen i stedet for ut på gaten, og da jeg prøvde å slutte å rygge så jeg kunne kjøre fremover, ville den ikke stoppe, før bakenden kjørte inn i gjerdet og ødela lysene. Da var jeg for redd til å kjøre den, så jeg ringte etter en bergingsbil for å få den til mekanikeren for å få reparert lysene før Matt kom hjem og så hva jeg hadde gjort, men mekanikeren så skadene på bremsene, som han hadde byttet bare noen måneder tidligere, og anmeldte det til politiet.

"Først begynte de å etterforske folk som kunne tenkes å ville drepe Matt, fordi de trodde at han var målet. Så begynte de å snakke med naboene, og noen av dem hadde sett ham jobbe med bilen. Så åpnet en av dem ved et uhell et brev de trodde var til dem, men det viste seg å være adressert til meg, med en livsforsikring som Matt hadde tegnet på meg ... og plutselig var jeg målet, og Matt var deres hovedmistenkte ..."

Wystan så forferdet ut. "Prøvde mannen din å drepe deg?"

Tacey lo skjelvende. "Å, han er ikke mannen min. Vi var forlovet fordi familien hans var katolsk, og han ville ikke at Rory skulle bli født utenfor ekteskap eller noe sånt, men så døde de i en bilulykke ... i likhet med Matt kjørte faren hans også en klassisk bil uten sikkerhetsutstyr, og de kjørte på en kenguru som kom ut av det blå, så foreldrene hans hadde ingen sjanse ... så vi ble enige om å utsette bryllupet til etter at Rory var født. Uansett, Matt var deres eneste barn, så han arvet alt, inkludert pensjon og livsforsikring, så han gikk fra å slite med å jobbe og studere og spare til et depositum for å kjøpe et billig hus til oss, til å eie foreldrenes herskapshus ved elvebredden og aldri trenge å jobbe igjen. Han insisterte på at jeg skulle flytte inn hos ham der, så det gjorde jeg, men så ble han litt fjern. Jeg trodde det bare var sorg over å ha mistet foreldrene sine, men det viste seg at han planla å drepe meg for å få mer penger fra livsforsikringen min." Plutselig fikk hun en forferdelig tanke. "Han har sikkert fortsatt den forsikringen også. Så lenge han fortsatt har penger til å betale den ... hvis noe skulle skje med meg, ville han bli enda rikere. Hvis han har forsikret Rory også, er det derfor jeg ikke kan la ham få henne. Jeg kan ikke stole på ham. Den jævelen prøvde å drepe oss, og en hel jury dømte ham for forbrytelsen, så uansett hva den korrupte dommeren sier, vil jeg ikke tro at han er uskyldig. Jeg kan ikke tro det."

Wystan nikket alvorlig. "Jeg har sverget å beskytte både deg og frøken Rory. Hvis denne mannen er en fare for dere, så er det det jeg skal gjøre. Jeg skal passe på dere begge om natten, men ... om dagen, når du er på jobb og hun går på skolen, hva vil du at jeg skal gjøre?"

Det var i hvert fall ett lyspunkt. "I dag er første dag i skoleferien, så hun kan bli med meg på jobb. På den måten kan du passe på oss begge i kafeen i løpet av dagen." Hun rynket pannen. "Men du må ha på deg klær hvis du skal være ute blant folk. Du kan ikke bare la alt henge sånn. Du trenger i det minste bukser." Hun kjente at hun ble rød i ansiktet mens hun gjorde sitt beste for ikke å se ned.

"Jeg forsikrer deg om at ingen vil se meg med mindre jeg ønsker det. Jeg har blitt ganske flink til å gjemme meg, selv på kafeen din. Men klær virker som en fornuftig idé, i tilfelle jeg trenger å vise meg. Hvor kan jeg finne noe passende?"

Tacey tenkte seg om et øyeblikk. "Jeg tror ikke noe av mitt vil passe deg, og de andre jentene går for det meste i ... ja, dameklær. Men det kan hende det finnes noen herreklær oppe på loftet, fra folk som har bodd her før oss. Du kan ta hva du vil der oppe."

"Jeg skal våke over deg mens du sover i natt, og i morgen tidlig skal jeg være klar og riktig kledd, slik du ønsker."

Som du vil. De tre ordene gjorde ting med henne som hun trodde bare skjedde i kjærlighetsbøker. Eller The Princess Bride, selvfølgelig.

"Ikke få meg til å angre på dette", advarte hun ham.

Sytten

Da Tacey førte en gjespende Rory ut til bilen i morgenmørket, ventet han allerede på henne. Et øyeblikk trodde hun at han hadde glemt buksene, helt til hun skjønte at han ikke hadde det, men ...

"Hvor i all verden fant du dem?"

Wystan kikket ned. "De var på loftet, akkurat som du sa. De virket som de mest robuste der."

Skinn var riktignok solid, men det klamret seg også til hver muskel og ... alt annet også. Hun kunne se pikken hans så tydelig at han like gjerne kunne latt være å ha på seg bukser i det hele tatt.

"Og jeg antar at gargoyler ikke bruker skjorter?" spurte hun og prøvde å la være å se på musklene over buksene. Denne fyren var definitivt veltrent.

Han trakk på skuldrene. "En skjorte ville ødelegge vingene mine, slik at jeg ikke kunne fly bak vognen din til kafeen."

En skjorte ville... Hva?

"Du følger meg absolutt ikke i luften til kafeen. Et politihelikopter med lys og det hele ville vært mindre synlig. Du kan komme i bilen, eller ikke i det hele tatt."

Rory trakk hånden sin ut av Taceys og grep etter Wystans i stedet. "Du kan sitte sammen med meg i baksetet."

Bare Rory kunne bli venn med et monster så raskt. Og da han ikke virket kjent med sikkerhetsbelter, hjalp hun ham med det også.

Det var godhet og uskyld som hennes som rovdyrene utnyttet, uten å bry seg om hvem de skadet eller hvor mye. Tacey lukket øynene. Dette var en feil. En forferdelig, forferdelig tabbe som hun kom til å angre på...

"Vi er godt festet i setene våre, Tacey. Vi kan dra," sa Wystan.

Tacey pustet ut. Hun kunne ikke si det foran Rory, men når de kom til kafeen, skulle hun ta Wystan til side og fortelle ham i klare ordelag at avtalen var avlyst. Hun ville finne en vanlig måte å håndtere dette rotet på, uten noen form for paranormal assistanse. Velutstyrt eller ikke.

Kjøreturen til kafeen tok nesten ingen tid. Forbannet ikke-eksisterende morgentrafikk.

Tacey låste opp døren og viste vei inn, mens hun slo på lyset. Hun kastet et blikk på trappen og vurderte.

"Kan jeg sette meg i sofaen til tante Octavia ovenpå, mamma?" spurte Rory.

Ikke hvis Octavia hadde sittet oppe hele natten og jobbet med datamaskinen sin og sovnet der oppe. "Vennen, tante Octavia sover kanskje fortsatt ..." begynte Tacey.

Wystan ristet på hodet. "Vi er de eneste menneskene i bygningen. Det er ingen ovenpå."

Rory holdt ut hånden. "Kom igjen, herr Monster. Jeg må fargelegge før frokost, og du kan hjelpe til."

Tacey rynket pannen. "Gå opp og pakk ut tingene dine. Jeg må snakke litt med herr Steel først."

Rory himlet med øynene. "Ooookaaaay," pustet hun mens hun slepte ranselen med tegnesaker opp trappen.

I det øyeblikket Rory var ute av hørevidde, snudde Tacey seg mot gargoylen. "Hvis du skader henne, eller sier eller gjør noe som forårsaker det minste ubehag for henne, sparker jeg deg ut igjen så fort at du ikke vet hva som traff deg."

"Datteren din skal ikke komme til skade så lenge jeg er hennes beskytter. Det sverger jeg," sa Wystan.

Hun ville tro ham. Det gjorde hun virkelig. Det var bare... denne massive mannen, med vingene og...

Hadde ikke Matt sagt noe om at han hadde sett henne snakke med en mann i Moth Man-drakt? Vel, noen han trodde var henne, i hvert fall. Det betydde at han hadde overvåket kafeen. Enten spionert på henne utenfra eller...

Tacey skannet taket. Det røde, ondskapsfulle øyet til et overvåkningskamera hun aldri hadde lagt merke til før, stirret på henne fra hjørnet bak espressomaskinen.

"Det må vi bare glemme," mumlet hun.

Et øyeblikk senere hoppet Wystan opp i luften, med enorme vinger som holdt ham i luften, mens den kjøttfulle knyttneven hans knuste kameraet rett ned fra veggen. Biter av glass, plast og elektrisk innmat regnet ned på flisene. Hun hadde nesten ventet å se gnistrende ledninger henge ned fra taket, men det var bare en bulk i gipsen som viste at kameraet noen gang hadde vært der oppe.

Hun grep feiekosten og børsten og dyttet den i hendene på Wystan. "Du har rotet, du kan rydde opp. Så kan du gå opp og holde et øye med Rory. Jeg må begynne å bake."

Han la hodet på skrå. "Ja, frue."

Og så, akkurat da hun trodde at han ikke kunne bli mer sexy, knelte han på gulvet i de trange skinnbuksene og feide opp alle kameradelene uten å klage. Hun hadde aldri sett noe så sexy i hele sitt liv.

"Hvor er møddingen din?"

Midden? Var det ikke det arkeologer gravde opp? Hun var sikker på at hun hadde hørt Alethia bruke ordet et par ganger. Det var der...

"Kast den i søpla der," pekte Tacey.

Han børstet forsiktig bort det siste søppelet, satte feiekosten og børsten tilbake på plass under kjøkkenbenken, før han gikk opp trappen til Rory.

Tacey kunne ikke la være å følge med på hvert skritt han tok i de trange skinnbuksene, som omfavnet den faste rumpa som så ut til å kunne slikkes.

Hvis Wystan ikke hadde vært et monster, kunne Tacey ha sverget på at hun var forelsket. Men hun var mer enn litt begjærlig.

Men hun hadde ikke tid til å hengi seg til den slags lidenskap akkurat nå. Hun måtte spare all lidenskapen til bakingen, ellers ville det ikke bli noen frokost når kafeen åpnet, og det ville aldri gå.

Atten

Da Tacey tok det siste brettet med muffins ut av ovnen og byttet det ut med et fylt med nøye formede småkaker, var solen nesten i ferd med å stå opp. Hun hadde sannsynligvis akkurat nok tid til å ta med frokosten opp til Rory og Wystan før det første kakefatet var ferdig, så hun plukket ut et utvalg av de beste muffinsene sine, la til en ekstra sjokoladekake til Rory som ikke ville spise noe annet, ordnet dem omhyggelig i en kurv med tallerkener og servietter, og gikk ovenpå.

Hun satte kurven fra seg på bordet og kikket på persiennene. Sollyset tittet allerede inn rundt kantene. På tide å slå av lyset og slippe sollyset inn.

Hun marsjerte bort til vinduet, dro i persiennesnoren og begynte å knyte den fast i klampen.

"Nei, mamma, NEI!" Rory skrek.

Tacey snudde seg. "Hva er det som er galt? Er muffinsen for varm?" Hun var sikker på at hun hadde tatt en av de avkjølte, men den var kanskje fortsatt varm i midten ...

"Nei! Du skader herr Monster!" jamret hun mens hun dro dynen av Octavias seng og prøvde å dra den over gulvet til der Wystan sto.

"Han har det bra, Rory. Ikke sant, Wystan?"

Ingen respons. Wystan rørte seg ikke engang. Som om han var en statue eller noe. Eller en... gargoyle...

Tacey gikk bort til ham, men nølte. Hun svelget, og så prikket hun ham i skulderen. Hardt. Han rørte seg ikke i det hele tatt. Den harde kroppen hans ga seg ikke det minste, selv ikke da hun dyttet hardere. Som om han ikke var noe annet enn en steinstatue.

Rory slo dynen mot beina hans. "Hjelp meg, mamma! Solen gjør vondt på ham. Vi må dekke ham til!"

Det tok Tacey et øyeblikk å innse at Rory prøvde å kaste dynen over hodet på ham, men hun nådde ikke høyt nok opp. Tacey tok tak i den ene kanten og dro det svarte, stjernetrykte stoffet over statuen.

Rory falt på kne på gulvet og trakk dynen ned slik at den dekket føttene hans. Da hun var fornøyd, løp hun bort til vinduet og trakk ned persiennen.

Mørket senket seg over rommet igjen. Men det var ikke mørkt nok til at Tacey ikke kunne se at det rørte seg noe under dynen.

Eller Wystans dempede stemme som sa: "Takk, frøken Rory og fru Tacey", før han trakk dynen av seg og la den i armene sine.

Tacey la armene over brystet. "Sollys gjør deg vondt, hva? Tror du ikke du burde ha nevnt noe sånt da du lovte å beskytte datteren min?" Menn. De var helt ubrukelige, alle sammen. Til og med de bevingede.

Wystan hang med hodet. "Det er ikke så mye en svakhet som en gargoyle-greie. I direkte sollys forvandles gargoyler til stein. Som du så." Han hostet. "Hvis jeg hadde fått mer enn et øyeblikks forvarsel, kunne jeg kanskje ha søkt ly innenfor murene, der lyset ikke kunne nå meg. Hvis frøken Rory var i fare, kunne jeg ha dratt henne med meg innenfor murene."

Rorys øyne ble store. "Kan du gå gjennom vegger?"

"Du får ikke dra datteren min gjennom vegger. Ikke nå, aldri noensinne. Har jeg gjort meg forstått?" Tenk om han prøvde å gjøre det, og hun satt fast? Rory kunne dø, eller bli forferdelig skadet. Tacey undertrykte et grøss.

Wystan rynket pannen. "Men fru Tacey ..."

"Ikke gå gjennom vegger med datteren min. Eller du kan gå gjennom alle veggene alene til du er ute av kafeen min, og aldri komme tilbake." For hva var vitsen med en beskytter som ikke kunne komme ut i dagslys? Hun visste at dette hadde vært en tabbe.

"Ja, fru Tacey." Ordene kom ut gjennom sammenbitte tenner, og hun forventet nesten at han skulle storme ut, men han ble sittende der han var. Den eneste bevegelsen han gjorde, var å vende oppmerksomheten mot Rory, som hadde gått tilbake til fargeleggingen på gulvet.

Hun fikk nesten dårlig samvittighet for å beordre ham rundt. Han hadde tross alt meldt seg frivillig til å beskytte Rory. Hun betalte ham jo ikke. Ennå.

Tacey vinket til kurven med muffins. "Jeg tok med frokost til dere. Til dere begge. Hvis dere trenger mer, er det bare å synge, så henter jeg mer fra kjøkkenet."

Rory så opp fra fargeleggingen sin. "Jeg kan komme og hente dem, mamma. Sollys skader meg ikke."

Tacey visste ikke om hun skulle være stolt av datteren, eller bekymret, eller begge deler. Hennes godhet mot et monster som Wystan var bemerkelsesverdig, men det kunne også føre til at folk utnyttet henne. Tacey sukket. "Nei, kjære deg. Du holder deg ovenpå med persiennene nede, så Wystan kan beskytte deg, ok? Hvis du trenger noe, så si ifra, så kan jeg komme opp med det."

Hun forventet at Rory ville krangle.

Men Rory bare nikket. "Han beskytter meg mot de slemme monstrene, ikke sant, mamma?"

Tacey svelget. At hun stolte mer på Wystan, et monster, med datteren sin enn hun stolte på jentas egen far ... men uansett hva retten sa, hadde Matt forsøkt å drepe dem begge. Det gjorde ham til et enda mer monstrøst monster enn Wystan hadde vært for bare noen minutter siden.

Et monster hun måtte finne en bedre måte å bekjempe enn å gi datteren en gargoyle-livvakt.

Tacey sukket. Hun skulle ta seg av det problemet etter at hun hadde åpnet kafeen og tatt seg av morgenrushet. Først måtte hun fyre opp espressomaskinen og blidgjøre alle de koffeinavhengige som allerede sto i kø utenfor døren.

Nitten

"Jøss, den ser akkurat ut som en engel", pustet jenta da Tacey satte fra seg kaffen.

Fyren som satt overfor henne, kikket på koppen sin. "Min ser mer ut som møllmannen. Hvis jeg tar en video av den med telefonen min, får jeg fortsatt gratis kaffe i et år?"

Tacey lo. "Beklager, nei. Det tilbudet gjelder bare hvis du filmer den ekte Moth Man, ikke bare avbildningen av ham i latten din."

Fyren snudde seg mot jenta. "Skal vi komme tilbake etter eksamen og se om vi kan få øye på ham?"

Hun surmulet. "Vi får se. Jeg vil heller gå på bar enn å drikke kaffe etter dette. Familierett er det verste. Jeg vil heller bruke hele livet på å skrive eiendomskontrakter enn å prøve å komme opp med enda en sak om eneomsorg. Det er som om foreldre som skiller seg, glemmer at barna også er mennesker, i stedet for eiendeler som de kan bruke til å score billige poeng overfor sin tidligere partner."

"Det er ikke bare ille. Hva om grunnen til at den ene forelderen vil ha omsorgen alene, er at den andre er en voldelig drittsekk? Hvis du vinner en slik sak, redder du og den forelderen som har foreldreretten alene, barnet fra en forferdelig barndom."

"Ja, men da må du høre om overgrepene som allerede har skjedd, og jeg bare ... kan ikke ..." Jentas øyne ble fylt av tårer. "Det er helt forferdelig."

"Vi vet at ingen av oss skal bli familierettsadvokater, men vi må likevel bestå denne eksamenen, så drikk opp og la oss pugge litt før vi må dra tilbake."

Jenta nikket, og Tacey gikk tilbake til disken.

Det var svaret, da. Hvis hun ville holde Rory trygg fra Matt, måtte hun ta ham til retten og kjempe mot ham der det betydde noe. Men for å gjøre det, trengte hun den beste familieadvokaten i Perth. Og det ville ikke bli billig.

Hun svelget. Hun hadde sparepengene sine til et husinnskudd, og hun hadde kafeen. Det var ingen vits i å kjøpe et hus til henne og Rory hvis Matt fikk foreldreretten over henne. Det var bedre å bo med Rory i Bell House de neste ti årene enn å overlate henne til ham. Hun ville selge kafeen også, hvis det betydde at hun kunne holde Rory trygg.

"God morgen, Tacey. Har det vært travelt i dag?"

Tacey så opp. Var det nesten lunsjtid allerede? Jøss, ja. Og Rochelle så ... strålende ut. Nesten en helt annen person enn den nervøse skyggen som hadde tryglet om å få bo i atelieret ovenpå for bare noen uker siden. Det hadde definitivt hjulpet å kvitte seg med den drittsekken av en kjæreste og bli sammen med kunstneren som bodde der, men det var mer som om hun hadde sluttet å la vampyren suge livet ut av seg og i stedet latt Ben puste liv i henne.

Verden ville vært et bedre sted med flere Bens i den. Eller bare én til i livet hennes...

Tacey sukket. "Ja, det har vært helt tomt. Jeg er ikke engang ferdig med å lage alle dagens panini. Kan du ta over disken mens jeg tar meg av dem?"

Rochelle kikket på smørbrødskapet. "Hva er det vi mangler? Alt ser ut til å være her."

"Alle de vanlige varene, ja, men jeg fikk en sprø idé i forrige uke om å lage en "jul i juli"-greie i skoleferien. Pepperkakemuffinsene er borte, men kakene har ikke vært like populære. Jeg tenkte jeg skulle prøve tyttebærmuffinsene i morgen, men jeg ville ha kalkunpaniniene til lunsj i dag, men kalkunen var for varm da jeg tok den ut av ovnen, så jeg ventet på at den skulle bli kjølig nok til å ta på før jeg lagde dem."

Nå hadde jeg hennes interesse. "Hva annet putter du i dem?"

"Det er honningstekt gresskar og små spinatblader. Jeg tenkte å legge til litt fetaost, men jeg tenkte ... til jul er det vel mer sannsynlig at du har et ostebrett med brie eller røkt ost eller noe sånt?"

Rochelle nikket langsomt. "Å ja, det hadde vært fantastisk med litt brie. Kanskje med litt søt chilisaus også?"

Tacey tenkte på det. "Kanskje. Vi er tomme for chilisaus, men det kommer en leveranse i morgen.

Jeg får se hvordan de selger i dag, og hvis det går bra, lager jeg halvparten sterk og halvparten mild i morgen."

"Legg en til side til meg, er du snill. I dag og i morgen", sa Rochelle.

Tacey lovte å gjøre nettopp det, mens hun gikk ut på kjøkkenet. Smørbrødene tok ikke lang tid å lage, og da de var pent stablet i skapet sammen med resten av dagens lunsj, tenkte hun at det var på tide med en pause.

Det var selvfølgelig da lunsjrushet begynte, og det tok et par timer før hun fikk et øyeblikk til å finne navnet på en advokat det var verdt å snakke med, og ytterligere en time med gjennomgang av alle slags anmeldelser før hun hadde ett navn: Dominic Lamont.

Det er ingen bedre tid enn nå, sa hun til seg selv. Hvis hun ventet, ville kafferushet begynne midt på ettermiddagen, og hun ville ikke få en ny sjanse til å ringe før i morgen.

Hun ringte og holdt pusten.

Resepsjonisten svarte på andre ringetone. "Dette er Lamont & Partners. Hva kan jeg hjelpe deg med?"

Tacey åpnet munnen, men det kom ingen lyd ut. Hun kremtet og prøvde igjen. "Jeg trenger en advokat til en foreldrerettssak, og jeg vil hyre Dominic Lamont."

"Mr. Lamont har fullt opp for øyeblikket, og han tar ikke imot nye klienter, men kanskje en av våre andre partnere..."

"Det må være ham. Eksen min prøvde å drepe oss, og nå prøver han å få foreldreretten til datteren vår. Han har nettopp sluppet ut av fengsel, og denne saken vil definitivt få mediedekning. Jeg vet at Mr. Lamont foretrekker å ta høyprofilerte saker. Eksen min er Matthew Masters. Han har vært på nyhetene."

En pause som så ut til å vare i en evighet. "Kan jeg sette deg på vent, takk?"

"Ja visst." Tacey var ikke engang sikker på om hun hadde fått sagt hele ordet før den lille pianomusikken drønnet ut av telefonen. Seksti-seks sekunder senere var det slutt.

"Mr. Lamonts tidligste avtale er neste torsdag klokken ti."

Mindre enn to dager før Matt forventet at hun skulle overgi Rory. Snakk om å vente til siste lite n...

Tacey lukket øynene. "Jeg tar den."

Resepsjonisten fortsatte med å forklare at Lamont tok et konsulenthonorar for tiden sin, inkludert innledende konsultasjoner som denne, og at Tacey måtte betale hele beløpet før møtet kunne finne sted...

Da Tacey la på, hadde hun gitt resepsjonisten alle detaljene kvinnen hadde bedt om, og i tillegg betalt mer enn en dagsinntekt bare for å sikre seg et møte med fyren. Hvis anmeldelsene på Internett var sanne - både de dårlige og de gode, avhengig av om de var skrevet av kundene hans eller av kundenes forbannede partnere - ville han være billig til dobbel pris.

Hva som helst for Rory.

"Tacey? Har vi mer mandelmelk? Og kan du fortelle meg om pepperkakene er veganske?" Rochelle ringte.

Tacey kikket inn i kafeen. Ettermiddagsrushet hadde kommet. "Nei til pepperkakene, fordi jeg brukte egg ... men shortbreadene er veganske. Jeg brukte olivenolje i stedet for smør. Jeg skal se om det er mer mandelmelk i kjølerommet."

Etter en kort tur innom kjølerommet gikk hun tilbake til disken med en armfull mandelmelk og havremelk (i tilfelle en av veganerne hadde nøtteallergi), og fikk ikke et øyeblikk til å tenke på noe annet enn kaffe og mat før solnedgangen farget bygningen på den andre siden av veien rosa. Så var det på tide å pakke Rory inn i bilen, der Wystan allerede ventet, før vi dro hjem for å lage middag og legge oss, før vi begynte på nytt igjen i morgen.

TJUE

"Igjen, Miss Bell, jeg kan ikke tro hvor heldig du er. Dere må ha den eneste bygningen i hele Fremantle som er fri for skadedyr." Skadedyrbekjemperen holdt hendene i været. "Jeg mener ikke bare ren. Det er mange steder som er rene, og likevel blir de ikke kvitt det som bor i veggene. Alle disse gamle bygningene, og havnen i nærheten ... for ikke å snakke om backpackerne nede i veien ... angrepet ble så ille i sommer at det flommet over til politistasjonen. Du er heldig som ikke fikk noe av det her."

Tacey grøsset. Hun hadde hørt om den siste kakerlakkpesten på backpackerhotellet, og det var derfor hun alltid hadde regelmessige inspeksjoner.

Hun ante ikke hvordan backpackerhotellet kunne holde det gående når de noen ganger hadde flere rotter enn gjester. Men så lenge skadedyrene ikke kom til Shut Up Café, var det en sak mellom sjefen for backpackeren og helseinspektøren.

"Hva er hemmeligheten din?" spurte han.

Hans gjetning var like god som hennes. Antakelig bare flaks, faktisk. Men ... "Samboeren min kastet en forbannelse over stedet da vi overtok kafeen, fordi søsteren min fant en død kakerlakk ovenpå og fikk panikk. Vi har ikke sett en kakerlakk siden, så kanskje forbannelsen virket."

Fyren fnøs. "Det er faktisk mer troverdig enn den historien jeg hørte fra en av ryggsekkturistene. Han var overbevist om at insektene var Moth Man's familiars, og at hvis man gjorde noe for å bli kvitt dem, ville Moth Man tilkalle Moth Man for å forbanne hele byen med ... var det zombier? Jeg tror det var zombier."

Tacey måtte le av det. "Jeg skal ikke nekte for at møllmannen ble filmet på denne kafeen, men jeg har aldri sett ham, og hvis jeg så ham eller noen annen form for insekthær, ville du vært den første jeg ville ringt til for å bli kvitt dem. Jeg husker at jeg hadde spiskammermøll hjemme en gang da jeg var liten. De små larvene var overalt. Aldri igjen!"

Han ristet bare på hodet. "Det er vanskeligst å forebygge spiskammermøll. De kommer inn med matvarene, og med mindre du har tid til å fryse ned alt i et par uker før du bruker det, er hver eneste pose med mel en risiko." Han banket på skjermen på nettbrettet sitt. "Når jeg kommer tilbake til kontoret, skal jeg be en av de ansatte i administrasjonen sende deg den endelige inspeksjonsrapporten på e-post. Hvis det ikke dukker opp uforutsette utbrudd av spiskammermøll, ser jeg deg igjen om seks måneder." Han vinket da han gikk ut døren, men måtte stoppe for å slippe inn en mann med en fullastet tralle.

"Når man snakker om djevelen", hørte Tacey ham si da han gikk sin vei.

Men Tacey var for opptatt med leveransen til å ha tid til noen eller noe annet.

Endelig var det riktige melet kommet.

"Sett en pose på kjøkkenbenken til i morgen tidlig, og stabl resten på lageret", sa hun.

Det tok ham fire turer, men da lastebilen hans kjørte bort fra fortauskanten, var Tacey nesten klar til å synge. Etter flere måneder med mangel på forsyninger begynte ting å lysne.

Tjueen

"Men jeg liker ikke sjokolademuffins! De brune er ekle!" ropte Rory.

Tacey gned seg i øynene. Først Disney-prinsesser, og nå sjokolade? Noen ganger lurte hun på om Rory i det hele tatt var en jente. "Men i går spiste du to sjokolademuffins, og du ville ikke spise noe annet." Ikke engang middagen, som hadde utviklet seg til en skrikekamp, der Rory hadde stått for mesteparten av skrikingen. Hun var ganske sikker på at Octavia hadde gitt henne litt mat senere også, da de så på TV.

"Mistress Tacey, jeg tror miss Rory brente seg på en av muffinsene i går. Sjokoladen inni var fortsatt flytende. Kanskje hvis du kuttet en i to, slik at den var helt avkjølt i midten ..." begynte Wystan.

Ikke bare var han en bedre beskytter enn Tacey, han var allerede en bedre forelder også. Kanskje Rory ville hatt det bedre med Matt. Han ville kanskje få henne til å spise sunn mat.

Tacey tok frem en annen muffins. "Denne er med eple og kanel. Det var en av de første jeg lagde, og den er definitivt kjølig tvers igjennom."

Rory skvatt opp. "Er det knasende som et eple?"

Bare fordi denne var litt overdrevet. "Den er på toppen", innrømmet Tacey.

"Jippi!"

Tacey pustet ut. Vel, da var frokostkampen vunnet. Hun gledet seg ikke til lunsjen.

I underetasjen ringte klokken for å indikere at noen hadde kommet inn i kafeen.

"Jeg kommer tilbake senere med lunsj. Vær snill mot Wystan, ok?" sa Tacey og skyndte seg ned trappen.

Kvinnen som henvendte seg til disken, virket litt kjent. Ikke en stamkunde, men...

"Hva vil du ha?" spurte Tacey.

Kvinnen rynket på nesen. "Å, jeg er ikke her for å bestille noe. Jeg er her for å undersøke en klage. Jeg er Rachael Smythe, en av miljøvernbetjentene fra Fremantle kommune. Vi har fått en rekke klager denne uken på at det er kakerlakker her."

Tacey kunne ikke noe for det. Hun lo. "Å, nei, det er ikke oss. Du ser etter backpackerne. Det er de som har kakerlakker. Vi hadde en skadedyrkontroll så sent som i går, og han fant ikke en eneste ting. Ikke en kakerlakk, en rotte eller en rødryggedderkopp." Kanskje Callies magi faktisk hadde virket. Siden tilkallingsformelen på kirkegården hadde frembrakt Wystan, var det mulig at magi kunne eksistere likevel. Hun gledet seg til å fortelle det til Callie når hun kom hjem fra bryllupet.

Kvinnen trakk et nettbrett opp av vesken og begynte å sveipe på skjermen. "Dette er Shut Up Café, ikke sant?"

"Ja..."

"Alle klagene gjelder kafeen din, ikke backpackeren. Det ser ut som om noen av klagene er sendt inn av beboere på backpackeren, men de sa at insektene var her."

Tacey ristet på hodet. "Det er umulig. Skadedyrbekjemperen sa at det ikke var noe. Alt står i rapporten."

"Vis meg, vær så snill."

Tacey viste vei inn på kjøkkenet, der hun hadde lagt igjen den bærbare datamaskinen sin. "Han sa at han skulle sende den ..." Men da hun logget inn på e-postkontoen sin, var det ikke noe fra skadedyrfirmaet i det hele tatt. "Jeg må ringe dem og be dem om å sende den igjen."

"Gjør det, du. Kan jeg ta en titt rundt i mellomtiden?"

Hvis hun så Wystan ... men han hadde gjemt seg for skadedyrbekjemperen i går, så han ville sannsynligvis gjøre det samme i dag. Riktignok hadde hun klart å advare ham i går, mens Rachael ikke så ut som om hun hadde tenkt å gi Tacey sjansen til å gjøre det nå. Tacey svelget. Det endte aldri godt å gjøre helseinspektøren forbannet, og hun hadde ingen rett til å nekte. I motsetning til politibetjenter hadde helseinspektørene lov til å gå hvor de ville, innenfor sitt eget myndighetsområde. "Klart det", sa Tacey og ba til enhver gud som lyttet, om at Rachael ville se det samme som fyren i går. Ingen skadedyr, ingen gargoyler og ingen problemer.

Det ringte på igjen, og Tacey ble tvunget til å gå tilbake til disken for å servere kaffe til en strøm av kunder, så mange at hun nesten glemte helseinspektøren helt til Rachael kremtet.

Tacey rakte fra seg den siste cappuccinoen og tørket hendene på forkleet. "Ja?"

Rachael ristet bare på hodet. "Vil du være så snill å bli med meg?"

Tacey fikk en grøss i magen, selv om hun ikke ante hvorfor. Med mindre Wystan på en eller annen måte brøt helsereglene...

Men Rachael gikk ikke ovenpå. I stedet smøg hun seg gjennom kjøkkenet og ut på lagerrommet. Hun dyttet døren opp og rygget unna. "Forklar dette, er du snill."

"Hva i f..." Tacey stotret. Stedet var fullt av kjempekakerlakker, som tatt ut av en Indiana Jones-film. "Ingen av disse var her i går!"

Rachael nikket med tydelig sympati. "Det er de aldri. Hør her. Dette er første gang du gjør noe galt, så jeg gir deg en advarsel. Ingen bot denne gangen. Hvis du får ordnet opp i dette med en gang, som i dag, kan jeg kanskje unngå å stenge deg helt, i stedet for bare midlertidig. Jeg kan komme tilbake på fredag for å gjøre en oppfølgingsinspeksjon, og hvis det er bevis for at dere tar grep og stedet er trygt å servere mat på igjen, kan dere kanskje åpne i helgen."

Tacey gapte. I et langt øyeblikk hadde hun ingen ord. Så strømmet raseriet gjennom årene hennes, og hun hadde alle ordene. "Jeg kan ikke holde stengt hele uken! Kom tilbake i morgen. Kom tilbake i morgen. Da er alle borte, akkurat som de var i går, jeg sverger."

Rachael rynket pannen. "Du er vel klar over at hvis jeg kommer tilbake i morgen og de fortsatt er her, så må jeg stenge deg på ubestemt tid? Men fredag ..."

"I morgen," insisterte Tacey. "Jeg ringer skadedyrbekjemperen som var her i går, og får ham hit i dag."

Fem minutter og en desperat telefonsamtale senere - der Dave, skadedyrbekjemperen, hørtes like forvirret ut som Tacey følte seg - var Dave allerede på vei.

Rachael hadde ikke tid til å vente på ham, men hun gikk med på å komme tilbake i morgen tidlig for å finne ut om kafeen ville få lov til å åpne i morgen, eller i det hele tatt.

Tjueto

"Beklager at det tok så lang tid. En idiot hadde rullet med lastebilen sin på motorveien, og trafikken sto i kø halvveis til Joondalup. Sa du at du fant en kakerlakk? Den må ha fløyet inn fra nabohuset, for her var det renere enn i svigermors badekar på leiekontrolldagen." Dave marsjerte inn med en verktøysekk i hånden.

Tacey hadde ikke engang klart å se inn på lagerrommet. Hun ville så gjerne tro at hun hallusinerte. "Helseinspektøren har funnet en pest av kakerlakker på lageret. Se selv."

Dave hevet øyenbrynene og gikk mumlende av gårde. Mumlingen ble til høylytt banning da han fant dem.

Flere timer senere, da Dave kunngjorde at alle insektene var døde, ville Tacey nesten ikke gå inn for å se blodbadet. Men Dave insisterte.

"Jeg sa jo at hvis skadedyr hadde flyttet inn, ville de ha kommet inn med forsyningene dine. Alt som trengtes, var én sekk mel - denne." Han dyttet til den fornærmende sekken med foten.

I motsetning til de andre var denne skåret opp langs toppen. Så så Tacey nærmere på den.

"Dette kom ikke med gårsdagens leveranse. Det er feil mel. Sterkt mel. Vi fikk dette for en måned siden, fordi det var alt leverandøren hadde, men muffinsene og kakene var ikke bra. Så jeg kastet den ene åpne posen vi hadde, og sendte resten tilbake. Denne posen lå i søppelkassene på baksiden. Noen må ha tatt den med inn hit, full av insekter ..." Tacey grøsset.

"Bare hvis de fylte den med kakerlakker først. Du kan kanskje få et par i en pose i søppelkassene, eller et halvt dusin, med tanke på pesten de hadde i nabohuset, men så mange? Noen fylte den posen rett før de satte den inn i kafeen din," sa Dave.

"En av folkene fra backpackerleiligheten?" Det var derfra klagene hadde kommet, så noen der borte måtte ha visst det.

"Noen der borte må virkelig hate deg, siden de gjør noe sånt", sa Dave.

Tacey kunne bare riste på hodet. "Men alle får ti prosent rabatt her, hvis de viser nøkkelen sin. Jeg kan ikke forestille meg hvorfor noen der borte skulle ønske å stenge dette stedet."

"Noen hater deg, det er alt jeg kan si," sa Dave. Han nikket mot vinduet, som nå sto på vidt gap for å slippe ut den skadelige dampen fra lagerrommet. "Du burde få fikset den låsen også. Den lukker ikke ordentlig. Hvem som helst kan komme inn den veien."

Det var sannsynligvis slik sekken med insekter hadde kommet inn. Det ga ingen mening, for Tacey hadde aldri åpnet det vinduet. Hun hadde prøvd da de flyttet inn, men det hadde gått i klem. Nå så det ut som om noen hadde gått løs på låsen med en meisel og hogd bort flere tiår med maling for å avdekke tømmerrammen under.

"Noen bærer virkelig nag der, spør du meg," sa Dave. "Er du sikker på at du ikke har noen fiender?"

Tacey åpnet munnen for å benekte det, men så husket hun Matt. En gang hadde han spøkt med en pose insekter i skolekantinen da de hadde endret oppskriften på hvitløksbrødet. Han hadde skrytt av det til henne i enerom etterpå, fordi han hadde vært så stolt over å ikke bli tatt.

Prøvde han å plage henne nå også?

"Tacey?"

Hun ristet på hodet. Dave hadde snakket med henne, og hun hadde vært fortapt i tankene. Det hadde hun ikke tid til. Hun måtte ordne opp i dette, nå. "Unnskyld?"

"Jeg sa at jeg nettopp har bedt kontoret om å sende gårsdagens inspeksjonsrapport på e-post. Jeg skal skrive dagens og sende den i kveld. Eller foretrekker du at jeg leverer den personlig?"

Hjertet hennes svulmet av slik vennlighet. "Helseinspektøren kommer klokken syv i morgen tidlig, når vi åpner. Hvis du kan være her da og fortelle henne hva du har sett, ville jeg være veldig takknemlig. Jeg spanderer til og med gratis kaffe og frokost."

Han livnet opp. "Lager du de der bacon- og eggmuffinsene? Ikke de du får på Maccas, men de der det bare er litt brød utenpå, fullpakket med bacon og egg i midten, alt pakket inn i muffinspapir?"

Hun hadde ikke gjort det på en stund, men hun skulle gjerne lage en hel porsjon til ham hvis han hjalp henne med å bestå helseinspeksjonen i morgen. "Absolutt."

"Da ses vi klokken sju."

Dave dro, og Tacey avsluttet dagens nedstengning, selv om det ikke engang var middagstid ennå. I morgen skulle hun åpne igjen, og alt ville gå bra.

Hun trasket opp trappen til der Rory hadde spredt ut markørene sine over hele gulvet. Men de var ikke markører i spillet hennes lenger - hver og en av dem hadde en stemme og en annen skurkaktig plan, så det i hvert fall ut til. Rory var overraskende flink til å lage skurkestemmer.

"Miss Tacey, jeg har sjekket hele bygningen. Det er ikke mer skadedyr innenfor veggene eller andre steder," sa Wystan, som dukket opp fra ingensteds.

Tacey tvang seg selv til å nikke. "Takk skal du ha. Det betyr at de egentlig bare var på lagerrommet. Noen plantet dem der. Hvis vi bare hadde hatt et overvåkningskamera på lageret ..." Men de hadde bare hatt det ene Wystan hadde ødelagt, og det hadde vært i hovedkafeen. Butikkvinduet vendte ut mot gårdsplassen til backpackerhotellet - som bare de som bodde på vandrerhjemmet hadde adgang til. Matt ville ikke ha blitt tatt for å bo på et slikt sted. Men hvem andre kunne det ha vært? Hun kunne bare riste på hodet. "Jeg skal bare sette de døde boltene tilbake på bakvinduet, og så burde solen ha gått ned, så vi kan dra hjem. Vi kan til og med kjøpe litt mat på veien, i stedet for å lage mat. Hva vil du, Rory?"

Hun ville ha spurt Wystan, men han nektet å spise noe av det hun hadde gitt ham. Til og med muffinsene hennes, og hun visste at de var gode.

"Chicky nuggies!" ropte Rory.

Så mye for å spise sunt. Men Tacey var for trøtt til å protestere. "Klart det", var alt hun sa, mens hun gikk ned for å finne frem boret.

Tjuetre

Bell House var deprimerende mørkt da Tacey stoppet utenfor. Octavias bil var også fraværende. Nok en natt alene, etter at hun hadde lagt Rory og Wystan hadde gått opp for å holde vakt på taket. Alene i dette isolerte huset, omgitt av buskas, hvor hvem som helst eller hva som helst kunne gjemme seg ...

"Det er ingen andre her enn oss, frue," sa Wystan, som om han leste tankene hennes.

Tacey våget å puste igjen. Selvsagt ville ikke Matt være her. Han var ikke typen til å forfølge henne eller angripe henne fysisk. Han var mer opptatt av spøk, som sekken med kakerlakker og klagene til helsevesenet. Nå som hun tenkte på det, hadde han sannsynligvis laget de rapportene selv, og utgitt seg for å være ulike falske backpackere. Han satt sikkert hjemme i foreldrenes herskapshus ved elven og fniste til den dyre middagen, som han ikke hadde behøvd å lage selv.

Nok om ham. Hun var hjemme, og hun måtte få Rory matet og gjort klar til å legge seg. "Ok, gå inn og vask deg til middag, er du snill", sa hun da hun gikk ut av bilen.

"Jeg er ikke sulten! Wystan sa at han kunne ta meg med på en flytur, akkurat som mandalorianeren!" Rory hoppet ut og begynte å sveve rundt bilen med armene utstrakt som vinger.

Når hadde herr Monster blitt Wystan for Rory? Tacey ristet bare på hodet. Det spilte ingen rolle. Rory skulle ikke fly med ham - ikke nå, aldri noensinne. "Middag først. Så får vi se etter middagen, kanskje."

"Men jeg har spist middagen min, mamma. Det er ingen nuggies igjen!" protesterte Rory.

Tacey hadde hørt det før, og hun trodde ikke på det nå heller. Det var først da hun pakket ut papirposene på spisebordet, at hun oppdaget at Rory faktisk snakket sant. Den opprevne nuggets-esken var faktisk tom, og alle cherrytomatene manglet fra Taceys egen salat også.

"Kan jeg fly nå, mamma, vær så snill?"

"Jeg sverger på at hun vil være like trygg med meg i luften som hun er på bakken, fru Tacey," sa Wystan fra verandaen.

Tacey lukket øynene. Hun stolte nok på ham til å passe på Rory, men ... mennesker var ikke skapt til å fly. Og Rory var allerede trøtt, så for mye spenning ville hindre henne i å sovne. Men på den annen side, hvis hun fikk et av sine store raserianfall fordi Tacey ikke ville la henne fly, ville hun heller ikke få sove ...

"La meg vise deg, fru Tacey." Han kikket inn gjennom gitterdøren, en stor skygge som burde ha vært skremmende, men som hun bare fant betryggende. Han kunne ha revet døren av hengslene eller slått gjennom skjermen med ett slag, men han respekterte hennes regler om ikke å slippe inn monstre i huset.

Hun var gal som i det hele tatt vurderte dette.

Mamma skrek til henne at hun var så uansvarlig, og at hun heller ville dø enn å utsette en av døtrene sine for en slik risiko.

Octavia ville sannsynligvis bare smilt og bedt henne om å gjøre det.

Callie, derimot, sto på verandaen med armene i kors og holdt øye med Wystan som en hauk, mens hun truet ham med alle slags forferdelige forbannelser hvis det skjedde familien hennes noe vondt. Forbannelser hun sannsynligvis faktisk kunne manifestere, nå som Tacey tenkte på det.

Hvis de andre jentene hadde vært her, ville de ha dratt henne ut på verandaen og insistert på at hun skulle gjøre dette, for så å klappe og juble hele tiden Wystan var i luften.

Tacey bet tennene sammen, tok det som var igjen av middagen, og gikk ut på verandaen. "Ok, da så. Vis meg", sa hun.

"YAY!" jublet Rory og klatret opp på en av stolene utenfor for å se på.

Tjuefire

Med Tacey stående foran seg, nesten vibrerende av sinne, var Wystan nær ved å ombestemme seg. For å kunne fly med henne måtte han ta henne i armene og holde fast i henne, når han ikke hadde rørt en kvinne siden hans kone døde.

"Kom igjen, herr Monster, få mamma til å fly!" ropte Rory.

Wystan lukket øynene. Han kunne ikke skuffe barnet.

"Legg armene rundt halsen min", instruerte han.

Til tross for den kalde vinterluften og den tykke genseren hun hadde på seg, kunne han likevel kjenne varmen fra kroppen hennes da hun gjorde som han ba om.

Han hadde lyst til å gripe henne rundt livet og presse kroppen hennes tett inntil seg mens han lettet høyt opp i luften, men han fryktet at en slik nærkontakt ville skremme henne mer enn selve flyturen. Så han løftet henne opp som en nygift brud som skulle bæres over dørterskelen, og ga henne et par dovne slag før han løftet dem opp fra bakken.

Armene hennes strammet seg rundt halsen hans mens han sakte fløy langs hele plenen, og tilbake igjen, føttene skled nesten over gresset, så lavt fløy han. Han tok en runde til over plenen, før han vendte tilbake til verandaen.

"Du kan slippe taket nå", sa han.

Tacey blunket. "Ja, ja." Et langt øyeblikk senere løsnet hun armene fra halsen hans og gikk bort.

Tapet av hennes varme tyngde rammet ham hardt, der hjertet hans en gang hadde vært. Han ønsket å fly med henne igjen. Høyere, lenger, raskere ... og holde henne nærmere. Kanskje til og med holde henne lenger etterpå, hvis hun lot ham gjøre det. En annen gang, lovte han seg selv. Hvis hun var villig.

Rory hoppet opp og ned. "Min tur! Min tur!"

Tacey rynket pannen, men nikket. "Det går bra. Så lenge du holder deg godt fast og er veldig forsiktig, og ikke flyr for høyt."

Wystan strakte armene ut mot den lille jenta. Den fryktløse Rory hoppet inn i omfavnelsen hans og klemte ham tettere enn moren hadde gjort.

Han hadde trodd at det å holde Tacey ville være den største utfordringen, men Rory ... mellom måten hele ansiktet hennes lyste opp på, fnisingen som boblet ut av munnen hennes, og det tillitsfulle grepet armene hennes hadde om ham ... det var som en drøm. Som om han holdt sin egen datter, levende i armene sine, for aller første gang. Himmelen, helt sikkert, og en himmel han ikke fortjente.

Med mindre han ved å beskytte Rory og Tacey kan gjøre seg fortjent til en plass i himmelen ved siden av Effie.

Under Taceys årvåkne blikk fløy han frem og tilbake over plenen og nøt hvert øyeblikk. Tacey kunne ikke ha gitt ham en større gave, og han ville være evig takknemlig for det. Han syntes synd på jentas far, som aldri hadde opplevd en slik glede.

Akkurat som Wystan selv ikke hadde gjort før dette øyeblikket.

Tacey reiste seg altfor raskt fra plassen sin og stappet den tomme emballasjen som hadde inneholdt middagen hennes, ned i posen den hadde kommet i. "Nå er det sengetid, Rory", sa hun forsiktig. Sengetid, Rory", sa hun forsiktig.

Wystan landet forsiktig på dekket og lente seg over for å sette Rory ned på sine egne føtter igjen. Men hun slapp ikke taket før hun hadde gitt ham to store, smekre kyss på hvert av kinnene og takket ham, uten at moren hadde bedt henne om det.

Så løp hun inn, hvor Wystan visste at han ikke kunne følge etter. Men det gjorde Tacey, og hjertet hans fulgte med dem.

TJUEFEM

Rory gjespet hele veien til badet, hun hang og datt mens hun pusset tennene, og øynene var allerede i ferd med å lukke seg da hodet hennes la seg på puten. "Var det ikke gøy å fly, mamma?" mumlet hun.

Tacey kysset henne på kinnet. "Det var det sannelig." Hun ønsket Rory god natt og lukket døren bak seg.

En fornuftig mor ville gått på kjøkkenet, ryddet opp restene av middagen, fylt oppvaskmaskinen og kanskje sett om de trengte å legge til noe på handlelisten. Hun ville vasket tøy, slik at hun kunne legge det i tørketrommelen over natten.

Men hun følte seg ikke fornuftig i kveld. Hun hadde jo oppfylt sine moderlige forpliktelser, sørget for at Rory var trygg og fikk mat og kom seg i seng, så nå var hennes tid hennes egen. Vel, innenfor visse grenser. Hun kunne ikke la Rory være alene hjemme, så hun kunne ikke gjøre som de andre i tjueårene hun kjente, og gå på puben eller noe sånt.

Puben var stengt. Men det var noen flasker sider i kjøleskapet, så hun tok med seg to og gikk ut på verandaen. Lyset var fortsatt på der ute, men Wystans store skygge var forsvunnet. Han hadde gått opp på taket for å holde vakt.

"Vil du komme ned og holde vakt her et øyeblikk, mens vi deler en cider eller to?" ropte hun på impuls. Ikke for høyt, for hun var ikke sikker på hva hun ville gjøre hvis han faktisk takket ja til invitasjonen hennes, så det var nok best at han ikke gjorde det.

Bortsett fra ... en enorm skygge feide over plenen, snurret rundt langt raskere enn han hadde gjort med henne selv eller Rory, og der sto han ved foten av trappen, med utstrakte vinger som Batmans verste mareritt.

Men ikke hennes.

Hun holdt frem en ciderflaske. "Vil du ha en?"

Han foldet vingene bort og gikk opp trappen, men han tok ikke flasken. "Nei takk, fru Tacey. Takk for at jeg fikk lov til å fly med frøken Rory. Jeg tror hun koste seg."

"Jeg burde takke deg. Du har trettet henne så grundig ut at hun sikkert allerede drømmer om det." Hun rynket pannen. "Hvorfor vil du ikke ta imot mat eller drikke? Du må jo spise, ikke sant? Hvis matlagingen min var dårlig, ville jeg vært bekymret, men jeg har drevet Shut Up Café lenge nok til å vite at det ikke er noe galt med matlagingen min, så det kan ikke være det. Jeg kommer ikke til å forgifte deg eller noe. Sideren er fortsatt forseglet. Du kan velge, så drikker jeg den andre flasken."

"Jeg takker alltid for gjestfriheten, men jeg har ikke behov for næring. Gargoyler verken spiser eller drikker, for vi er laget av levende stein. Jeg kan ikke huske sist jeg drakk en halvliter sider, men jeg er sikker på at den var av dårligere kvalitet enn noe dere har å by på."

Nå hadde han pirret nysgjerrigheten hennes. Tacey åpnet en flaske og tok en slurk. "Så du har ikke alltid vært en gargoyle?"

"Det har jeg sannelig ikke. Jeg var en gang en mann, like menneskelig som deg."

Alle de små detaljene hun hadde lagt merke til og arkivert som fremmede, begynte å veves sammen. Måten han omtalte bilen hennes som en vogn. Hans insistering på å bruke titler om seg selv og Rory, eller hans antydninger om at de trengte en mannlig beskytter i livet sitt. Vel, de trengte ham nok akkurat nå, men generelt...

"Hvor lenge har du vært en gargoyle?" spurte hun forsiktig.

Han trakk på skuldrene. "Det vet jeg ikke. Jeg våknet da du tilkalte meg, slik du ser meg nå. Før det husker jeg at jeg var en mann."

"Så du har bare vært en gargoyle i kanskje et par uker, og du kan fly som om du har gjort det i evigheter. Jeg vedder på at fugler skulle ønske de kunne gjøre det." Hun tømte ciderflasken. "Jeg skulle ønske jeg kunne gjøre det." Ordene gled ut, nesten av seg selv.

Han hevet øyenbrynene. "Jeg visste ikke at du likte å fly."

Hun kjente at kinnene ble varme, og var utrolig takknemlig for at hun satt i skyggen, der han ikke kunne se henne rødme. "Det var helt nytt for meg.

Ingen mann har noen gang båret meg som en brud før, og det var også første gang jeg fløy."

"Hvis du ønsker det, kan jeg fly med deg igjen. Vi var knapt i luften i et minutt eller to, før frøken Rory krevde sin tur. Jeg flyr gjerne med deg så lenge du ønsker det."

Fristelsen lokket henne til å akseptere. Hun hadde latt Rory bli med ham, og hun hadde vært så trygg. Hun visste at Wystan ikke ville slippe henne, og for én gangs skyld ville hun ... ville hun ...

"Ja, takk."

Tjueseks

Selv da Wystan kom med tilbudet, kunne han se avslaget i Taceys øyne. Så da hun sa: "Ja, vær så snill", var han ikke sikker på om han hadde hørt riktig. Det var én ting å holde et levende barn i armene sine i kveld, men en kvinne i tillegg, i mer enn et øyeblikk ...

Tacey klikket på låsen på døren, slik at Rory var i sikkerhet der inne. "Rory liker mandalorianeren, men da jeg var liten, foretrakk jeg Supermann. Jeg ville være Lois Lane, når han flyr henne opp gjennom skyene for å se stjernene." Hun så opp på skyene som allerede seilte inn fra vest. Det ville bli regn i morgen, det var Wystan sikker på, men det ville være tørt i noen timer ennå. Lenge nok til å fly Tacey høyt nok til å se det hun ønsket seg.

Han hadde aldri våget å fly så høyt, men med henne i armene ville han våge hva som helst. Særlig hvis hun befalte det.

"Når du er klar, legger du armene rundt halsen min igjen og holder godt fast," sa Wystan.

"Men ikke for stramt. Du må fortsatt få puste," sa hun med en pustende, liten latter mens hun krøllet armene rundt halsen hans.

"Jeg trenger ikke å puste, akkurat som jeg ikke trenger å spise eller drikke. Jeg trenger bare luft for å snakke," innrømmet han. "Og jeg har heller ikke behov for søvn, så jeg kan være årvåken både dag og natt for å holde deg trygg."

"Høres ideelt ut. Jeg tror til og med jeg er litt sjalu. Å ikke trenge å spise eller sove ... tenk på all den tiden jeg ville hatt til overs!" sa Tacey. "Og så kan du fly. Jeg tror jeg ville likt å være en gargoyle."

"Det ville du ikke ha sagt hvis du hadde tilbrakt mesteparten av denne uken, plaget av de fristende duftene av kaffe, muffins, kaker og alle slags godsaker jeg ikke kunne smake, men definitivt lukte, mens jeg passet på frøken Rory i kafeen din. Du er en bemerkelsesverdig god kokk, fru Tacey."

Hun lo. "Sier mannen som aldri har smakt en eneste bit av noe jeg har laget. Og selv jeg har mine svakheter. Fisk, for eksempel. Jeg kan lage de mest kompliserte bakverk - croissanter, eclairs, terter - men jeg kan ikke, for mitt liv, tilberede en fiskefilet uten at den faller fra hverandre eller brenner."

Nå var det Wystans tur til å le. "Jeg er redd fisk er omtrent det eneste jeg kan lage. Hel eller filetert over bål, eller skåret i biter i en gryterett. I de siste stadiene av min kones svangerskap ville hun ikke spise annet enn fisk, og jeg, som en god ektemann, gikk og fanget den for henne og tilberedte den etter hennes anvisninger. Vi ville sannsynligvis ha dødd av sult på stranden her i kolonien hvis det ikke hadde vært for min Effies trang til fisk."

Tacey stivnet, og kroppen hennes var ikke lenger presset mot hans. "Og hva synes kona di om at du vokter Rory og meg i stedet for å være hjemme hos henne?"

Om han bare visste svaret på det. Han håpet at hun var et sted med datteren deres, der slike bekymringer ikke lenger spilte noen rolle. "Effie døde i barselseng for nesten to hundre år siden. Det går ikke en dag uten at jeg savner henne, eller skulle ønske jeg kunne be om hennes innsikt i tusen forskjellige ting. Hun ville sikkert ha likt deg og forgudet Rory, for hun hadde et stort hjerte til å være en så liten kvinne. Jeg ville ha gitt livet mitt for henne, eller for datteren vår, men døden tok henne så raskt at jeg aldri fikk sjansen." Han var heldig at gargoyler ikke kunne gråte, for han var farlig nær ved å gjøre det, og hva ville Tacey synes om en svak, gråtende beskytter?

"Jeg er lei for det, Wystan. Det må ha vært forferdelig for deg å miste familien din på den måten. Jeg kan ikke engang forestille meg hva jeg ville gjort hvis jeg mistet Rory ..." Hun svelget. "Vær så snill, kan vi fly nå? Før jeg feiger ut eller sier noe enda dummere, og du bestemmer deg for at dette er en forferdelig idé."

Han humret. "Du er ingen feiging, Tacey Bell. Jeg tror faktisk at du er den modigste kvinnen jeg noensinne har kjent."

Hun fnøs. "Du har ikke møtt Octavia eller Callie, da. De finner på ting ... Jeg mener, å tilkalle deg var Callies idé. Jeg ville aldri ha vurdert det hvis jeg hadde visst at formelen ville påkalle et ekte monster."

"Likevel er det du, og ikke en av de andre kvinnene, som står her nå, med armene rundt halsen på et monster, og ber ham om å ta deg med på en flyvetur. Du betrodde meg datteren din, den mest dyrebare personen i verden for deg, selv om du vet at jeg er et monster." Han lente seg inn mot henne, presset ansiktet sitt mot halsen hennes og knurret: "Er du ikke redd for meg, Tacey?"

Det gikk en skjelving gjennom kroppen hennes, men grepet hennes rundt halsen hans ble bare fastere. "Det burde jeg være."

Stemmen hennes var strupeaktig, hesere enn normalt. Han løftet hodet for å møte blikket hennes, og han var fortapt.

En evighet senere dukket han opp, leppene presset mot munnen hennes, tungen viklet seg inn i hennes ... og hendene hans grep hoftene hennes så fast at det var en lykke at det var så mye klær mellom dem, ellers kunne han ha voldtatt henne.

Hun brøt kysset, for han var ute av stand til å stå imot. "Unnskyld, jeg må... Jeg må ... god natt." Og så var hun borte og låste døren bak seg.

Pokker og pokker og ... hvorfor var buksene på denne tiden så jævla trange?

Wystan mumlet og gikk opp på taket, der nattbrisen kunne kjøle ned gløden og klarne hodet, slik at han kunne konsentrere seg om å holde henne i sikkerhet.

Og absolutt ikke tenke på hva hun kan ha på seg i kveld, i sengekammerset nedenfor.

Nei, jeg tenker ikke på henne i det hele tatt.

Tjuesju

"Er du ikke redd for meg?"

Halve natten kunne hun ikke la være å tenke tilbake på de øyeblikkene i hodet sitt. Måten han hadde knurret mot halsen hennes og sendt en rystelse nedover ryggraden og inn i kjernen, og varmet hele kroppen hennes fra innsiden og ut. Og så hadde hun kysset ham, bare Gud visste hvorfor, og det hadde vært det heteste, mest perfekte kysset i hennes liv.

Hun hadde tatt til fornuft da hun innså at den harde lengden som presset seg mot magen hennes, var like begjærlig etter henne som hun var etter ham, og hun hadde vært en hårsbredd fra å slå beina rundt ham og spidde seg på ham, klærne til tross.

Gal apesex med et monster på verandaen hennes om vinteren, for helvete. Fantes det noe mer sinnssykt? Hvis noen visste at hun hadde tenkt på det, ville de helt sikkert ta Rory fra henne, og det ville de gjøre rett i, for hennes mentale tilstand akkurat nå lignet ikke på en ansvarlig forelder i det hele tatt.

Tre ganger hadde hun måttet ta vare på seg selv, og hun hadde blitt så kåt bare av å tenke på det. Det var bedre enn å invitere monsteret inn i sengen, uansett hvor mye hun hadde lyst til det.

Så det var ikke rart at hun følte seg som en dritt neste morgen da hun slo opp øynene i morgenmørket.

"Mamma! Kan vi fly igjen i kveld?" Rory braste inn i rommet og hoppet på sengen, så full av energi at det var helt uanstendig.

"Vi får se", sa Tacey da hun tvang seg selv ut av sengen. Hun hadde en helseinspektør å overbevise, og en kafé å åpne.

Hun visste ikke hva hun skulle si til Wystan denne morgenen. Det kysset og det som nesten hadde skjedd mellom dem ... nei, Rory trengte ikke å få vite noe av det. Tacey ønsket at hun ikke husket det.

Wystan virket helt uberørt, som om gårsdagens kyss ikke hadde betydd noe som helst for ham. Fyren var laget av stein - kanskje han ikke følte begjær, eller kjærlighet, eller ... noe som helst. Heldig.

Taceys morgen forløp i en tåke av kaffe og noen flere muffins enn hun hadde godt av. Helseinspektøren Rachael og skadedyrbekjemperen Dave viste seg å være kolleger som hadde jobbet sammen i Esperance for en stund siden, og da han forklarte kakerlakksituasjonen, tok hun ham på ordet, ikke bare glad for at kafeen kunne åpne som normalt den dagen, men også for at hun kunne ta imot kaffe og en muffins slik at hun kunne slå av en prat med Dave ved et bord i hjørnet før hun skulle inn på kontoret.

Tacey ristet på hodet over den merkelige verdenen hun befant seg i, og prøvde å konsentrere seg om cappuccinoen hun egentlig skulle tegne kunst på. Kanskje hun bare skulle holde seg til å bruke sjablonger med kakaopulver i dag, for abstrakt kunst var definitivt ikke en av hennes sterke sider.

Hvis Ben og Rochelle hadde sett fuglen som skulle forestille en kanin på den siste kaffen, ville de ha ledd seg skakke, og det med rette.

Bra at Ben ikke var i kafeen på dagtid. Han var definitivt en nattugle.

Tjueåtte

"Vil du redde meg fra monsteret som prøvde å drepe mammaen min, herr Monster?" spurte Rory, uten å se opp fra tegningen sin. "Han har masse insekter, sa mamma, for han tok med seg en hel sekk med dem hit, og de var overalt. Jeg liker ikke insekter, og jeg liker dem spesielt dårlig hvis mamma ikke er der og slår dem." Hun klappet i hendene som for å demonstrere morens insektslakteteknikk.

Wystan stusset. Det gjorde vondt i hjertet hans å tenke på en jente som vokste opp i den tro at faren hennes var et monster. Men jo mer han så og hørte om mannen, desto mer tilbøyelig ble han til å tro at Tacey hadde rett.

"Du må redde meg. Jeg hørte mamma snakke med bestemor i telefonen i går kveld, da jeg egentlig skulle sove, og hun sa at hvis advokaten ikke ville hjelpe henne, måtte hun gi meg til ham. Jeg vil ikke dra. Jeg vil bli hos mamma. Og hos deg."

Hjertet hans, hvis han fortsatt hadde et, fikk seg en treningsøkt i dag. Den lille jenta visste ikke hva hun spurte om, men det var søtt at hun likte ham så godt at hun ville at han skulle bli. Han visste at han ville det, men han visste ikke hvor mye tid han hadde. Han var her for å beskytte Rory og Tacey, men han ante ikke om det betydde for alltid eller bare for en kort periode, så lenge den aktuelle trusselen varte. Når han var ferdig, ville han kanskje få lov til å dø igjen, for det hadde han sikkert allerede gjort, våknet i en grav, og han ville bli gjenforent med Effie og barnet.

Han ville savne Rory og Tacey, selvfølgelig, men han ville i det minste vite at de var trygge, takket være ham. Bortsett fra... ville de være det? Hvis de var familien hans, ville han ikke hvile før han ble gjenforent med dem. Monster eller ikke, Rorys far ville vel ha ønsket det samme?

Det betydde at han sannsynligvis ville være Taceys beskytter en stund. Kanskje hele livet hennes, eller Rorys. Tanken varmet hans ikke lenger bankende hjerte. Kanskje kunne han få et nytt kyss fra Tacey i fremtiden, selv om hun så ut til å ha angret på eller glemt det første.

Men hvis han hadde et helt liv ved hennes side, ville han få andre sjanser. Rory ville be ham om å fly med henne igjen, og han ville tilby seg å ta med Tacey opp også. Opp over skyene for å se stjernene, som denne supermannen hun hadde snakket om.

Noe trakk insisterende i armen hans. Til å være så liten var Rory overraskende sterk. "Du må love meg det, herr Monster!"

Wystan tok hånden hennes i begge sine. "Rory Bell, jeg lover å beskytte deg med all min makt."

jublet Rory og trakk seg ut av grepet hans for å danse rundt i rommet. "Jippi! Kan vi fly nå?"

Hvis bare. "Ikke før det er mørkt, og bare hvis moren din er enig," sa han.

Han tvilte på at hun ville gjøre det, for Tacey hadde knapt sagt tre ord til ham hele dagen, men det spilte ingen rolle, for da solen hadde gått ned, hadde Rory glemt alt om å fly og gledet seg mer til å spise pizza til middag, hva nå enn det var.

Tjueni

Det var stille mellom Tacey og Wystan helt frem til morgenen da hun skulle til advokaten. Hun gratulerte seg selv med det som så ut til å bli en god dag da telefonen ringte.

"Hei, mamma", sa hun.

"Jeg er så lei for det, Tacey. Faren din var hjemme med det han trodde var matforgiftning fra et smørbrød han kjøpte på jobben i går, men det ser ut til at jeg også er smittet. Jeg kan ikke komme og hente Rory i dag."

Herregud... Hun ville ikke at Rory skulle bli smittet. Mellom bekymringen for at Rory skulle bli dehydrert og rydde opp i rotet, ville ikke Tacey kunne unngå å bli smittet også, og ...

Men hun hadde en avtale med advokaten i dag. Hun kunne knapt ta med Rory. Det var noen ting et barn ikke trengte å vite, og det å forholde seg til en barnevernsadvokat var en av dem.

Tacey rakk å mumle noe medfølende og ønske mamma god bedring før samtalen ble avsluttet.

Hvis det ikke var midt på dagen, ville hun vurdert å be Wystan om å passe henne. Han hadde passet på henne oppe mens Tacey hadde jobbet i kafeen de siste par ukene, men hun hadde alltid vært her også. Og så var det Wystans merkelige allergi mot sollys...

Hun burde ha spurt Octavia i stedet for mamma. Riktignok var ikke Octavia noe morgenmenneske, siden hun satt oppe det meste av natten og gjorde hvem vet hva på datamaskinen sin, men hvis hun hadde spurt henne, ville Octavia ha vært der. For henne og for Rory.

Ikke at hun hadde sett mye til Octavia siden den kvelden på kirkegården.

Tacey vurderte å ringe henne, men det var umulig at Octavia var våken ennå, og hvis hun sov, ville hun ikke engang svare på en tekstmelding før ved lunsjtid. For sent for avtalen, i alle fall.

Morgenrushet begynte tidlig, og det varte helt til Tacey måtte dra - hun rakk ikke engang å ringe noen, og nå var det for sent.

Hun måtte bare ta Rory med seg, og håpe at advokaten hadde et ekstra skrivebord eller bord der Rory kunne tegne eller noe. En familieadvokat hadde sikkert et sted som passet for barn. Han hadde å gjøre med massevis av enslige foreldre som ikke hadde barnevakt.

Tacey trasket opp trappen, og frykten steg for hvert skritt. Hun ville ikke ta med Rory til advokaten. Hun ville ikke at hun skulle få vite om den mulige kampen om foreldreretten. Det var urettferdig mot Rory.

"Rory, jeg vet at bestemor skulle komme og hente deg, men hun er syk, så du må bli med meg til møtet mitt i stedet," sa Tacey.

"Må jeg gjøre det?" Rory klynket. "Wystan skulle hjelpe meg med tegningen min. Jeg får ikke til vingene hans, så han lovte å tegne dem for meg."

"Kanskje i ettermiddag, når vi kommer tilbake," sa Tacey. "Kom igjen, pakk sammen sakene dine. Du kan ta med deg tingene dine, og kanskje tegne litt mer mens jeg er i møte. Så kan du vise Wystan det når du kommer tilbake."

Rory sutret litt til, men hun gjorde som hun fikk beskjed om. I løpet av få minutter hadde hun fått på seg skoene og sekken, og hun var på vei ned trappen.

"Åh, mamma, disse vingene er perfekte," sa Rory. "Kom og se!"

Da Tacey nådde bunnen av trappen, var Rory ikke å se noe sted. Det tok henne et øyeblikk å finne henne, der hun sto på en av stolene ved Bens vanlige bord og studerte kunsten hans på veggen.

"Vi står ikke på stoler, vi sitter på dem", refset Tacey.

"Ja, mamma, men jeg må se disse!"

"Du kan se på dem senere. Akkurat nå må vi gå," sa Tacey.

"Men mannen bare hengte dem opp på veggen. Jeg har ikke lov til å henge opp bilder på veggen, men han sa at han hadde lov!"

Nei, Tacey trengte ikke et nytt raserianfall å forholde seg til. Rory var for stor til å bære ut til bilen mens hun skrek. Hun var ikke en toåring lenger. "Hvilken mann?" spurte hun. For dette var Bens galleri, som hennes huskunstner, og ingen andre hadde lov til å henge opp kunst på veggene hennes. Hvis noen trodde at de bare skulle komme inn hit og stjele Bens jobb, ville de være ute før de rakk å blunke.

Rory pekte på kunden ved disken. "Hun som kysser tante Rochelle!"

Ben. Tacey blunket. Ben, på dagtid? Hadde han ikke en dagjobb, og det var derfor han bare kunne komme til kafeen etter mørkets frembrudd?

"Tacey. Rory," sa Ben og gjorde den hakeløftende hilsengreia som elevene på high school gjorde.

"Hva gjør du her?" spurte Tacey.

Ben gliste. "Kan du tro at jeg henter kaffe og en muffins? Jeg hadde ingenting å gjøre i dag, og siden Rochelle jobber, tenkte jeg at jeg kunne holde henne med selskap. Det ser ut til at bordet mitt er ledig, og jeg har tatt med skissebøkene mine, så så lenge du ikke har noe imot det ..." Han blunket. "Jeg kan alltids gå ut og vaske opp for å tjene til livets opphold, hvis det ikke er nok med noen nye skisser."

"Mamma, se på disse vingene!"

Tacey hadde ikke tid til å se på skisser, selv ikke Bens. "Kanskje senere. Onkel Ben kommer til å være veldig opptatt med å tegne, så vi bør gå og la ham gjøre det nå."

Ben satte vesken sin på bordet ved siden av kaffen. "Jeg har ikke noe imot at hun sitter sammen med meg. Kanskje jeg kan lære deg å tegne vinger akkurat slik, hvis du vil. Hvis du fortsetter å øve hver dag, vil du være en bedre kunstner enn meg når du blir voksen!

"Vær så snill, mamma? Jeg vil ikke gå! Jeg vil tegne vinger med onkel Ben!"

Hadde det vært en vanlig dag, ville Tacey kanskje tillatt det. Ben var tross alt ikke noe monster, ikke som Wystan. Han hadde vært Rochelles livvakt hele tiden mens hun hadde gjemt seg her fra sin voldelige eks. Og hun hadde stolt på at Rochelle holdt øye med Rory, og Rochelle ville være her...

"Jeg vet ikke hvor lenge jeg blir borte. Kanskje noen timer", sier Tacey usikkert.

Ben trakk på skuldrene og slo opp skisseboken sin. "Har du ditt eget papir, Rory, eller vil du låne noe av mitt?"

Rory satte fra seg vesken og begynte å finne frem kunstutstyret. "Jeg har alt jeg trenger her."

Ben humret. "Det er nesten som om du visste at jeg ville komme i dag. Kunsttimene er vel i gang, antar jeg."

"Er du sikker?" spurte Tacey. "Hvis hun er i trøbbel, er det bare å be Rochelle ringe meg, så kommer jeg straks tilbake. Hvis jeg ikke er tilbake ved lunsjtid og Rory blir sulten, kan du bestille lunsj til henne. Til dere begge. På husets regning."

Ben fnøs. "Rory kommer ikke til å være til bry. Vi skal tegne til vi blir sultne, og så skal vi spise de beste smørbrødene i det skapet der borte, og så er vi her når du kommer tilbake. Ikke vær redd."

Tacey var splittet. Ben virket som den ideelle barnevakten, en gave fra himmelen akkurat i rette øyeblikk, men ... "Du kan ikke la henne forlate kafeen. Hun må bli her, i denne bygningen. Ingen andre steder. Har du noen gang passet barn før?"

Ben gjorde en falsk honnør til henne. "Ja, ja. Ingen turer til bordellet i Bannister Street."

Tacey blunket. "Nei ... hva?" Det kunne hun umulig ha hørt riktig.

Ben bare lo. "Det kommer til å gå bra, Tacey. Som Rory sa, vi kommer til å tegne vinger. Gå ut og kos deg. Vi ses når du kommer tilbake."

Tacey kikket på klokken. Hvis hun ikke dro nå, ville hun komme for sent. Og hun stolte jo på Ben og Rochelle ... "Greit. Vi ses når jeg kommer tilbake", sa hun, og tvang seg selv til å marsjere ut døren til bilen sin.

Først da hun var halvveis til advokatkontoret, gikk det opp for henne at hun aldri hadde presentert Ben for Rory. Hvordan visste han navnet hennes?

Tacey sa til seg selv at Rochelle måtte ha nevnt henne for ham, men ristet på hodet og kjørte videre. Jo fortere hun engasjerte denne advokaten, jo fortere kunne hun være tryggere på Rorys fremtid. Hun ville ikke etterlate henne med et monster som Wystan. Enda bedre, hvis hun ikke lenger trengte Wystan til å beskytte dem mot Matt, kunne hun oppheve påkallingen av ham (hvordan man nå enn gjorde det), og hun ville aldri mer behøve å tenke på det kysset igjen.

Tretti

I en time og tjue minutter hadde hun måttet vente. Hun hadde tygget av seg all leppestiften og til og med begynt å bite negler. Utsikten over elven fra vinduet i høyblokken der Lamont & Partners holdt til, var riktignok vakker, men hun ville se advokaten, ikke fergene som krysset og krysset den fordømte elven.

Hvert minutt hun var borte fra Rory, forestilte hun seg alle mulige forferdelige ting som kunne skje med henne. Hun kunne strekke seg etter Bens kaffe og søle den på seg selv. En galning kunne prøve å rane kafeen og holde henne som gissel. Hun kunne få et nytt raserianfall og skremme bort alle kundene, og Ben og Rochelle ville ikke vite hva de skulle gjøre. Eller Matt kunne komme inn på kafeen og ta henne mens Tacey var her, og når hun kom tilbake, ville Rory være borte ...

"Miss Bell?"

Tacey kikket opp og møtte blikket til den perfekt friserte og sminkede resepsjonisten. "Øh, ja?"

"Mr. Lamont tar imot deg nå."

Tacey forventet at Dominic Lamont faktisk skulle dukke opp, for å håndhilse eller noe, men resepsjonisten bare reiste seg og vinket til Tacey at hun skulle følge henne ned korridoren. Ikke bare var det en svai i kvinnens skritt som fikk kjolen til å flyte rundt henne som vann som kjærtegnet hver eneste perfekte kurve, men hun hadde så høye hæler at de ville ha brukket anklene til Tacey på tre skritt.

Tacey ristet seg mentalt, og festet blikket på resepsjonistens kjekke rumpe. Tacey så kanskje ikke ut som en modell, men hun kunne banke denne kvinnen i matlaging. Hun kunne lage bedre kaker og muffins og småkaker og kaffe ... ha, denne jenta hadde sikkert ikke spist noen av de tingene siden barneskolen.

Hun følte seg litt bedre, og gikk inn på et kontor hun kunne leve i.

Hjørnekontoret var like stort som kafeen hennes, men bare to av veggene var helt i glass, med utsikt over elven.

"Mr. Lamont, dette er Tacita Bell," sa resepsjonisten, før hun skyndte seg ut.

Tacey måtte beundre kvinnen - hun hadde til og med fått uttalen til å stemme.

"Sett deg, frøken Bell", kom det med en dyp stemme bak henne.

Tacey tvang blikket bort fra vinduet.

Dominic Lamont så akkurat ut som på bildet på nettsiden. Stor og mørk, som om han kunne fått jobb som livvakt eller dørvakt hvis han ikke hadde valgt å bli advokat. Han skremte antakelig motstanderne bare ved å se på dem.

Selv Matt ville nølt med å gå imot ham.

Med et smil om munnen satte hun seg på den nærmeste stolen. "Hei, jeg er her for å diskutere representasjon i en sak om foreldreretten til datteren min. Faren hennes, som forsøkte å drepe oss begge før hun ble født, har nettopp kommet ut av fengsel og truer med å søke om full foreldrerett over henne. Jeg trenger din hjelp til å sørge for at han ikke lykkes."

I et langt øyeblikk stirret Lamont bare på henne. De mørke øynene så ut til å lese sjelen hennes, som om han var djevelen selv.

Hvis hun ikke hadde stått overfor et monster som Wystan hver dag, ville Tacey kanskje ha rykket til. Kanskje hun hadde senket blikket.

Men Lamont var bare en mann. En advokat, men også bare en mann. Han skremte henne ikke. Men hun håpet at han kunne skremme Matt og dommeren. Det var de som betydde noe. Så hun bet tennene sammen og stirret rett tilbake.

"Hvis jeg hadde villet ha en stirrekonkurranse, hadde jeg blitt hjemme med datteren min. Hun tar ikke betalt per time," snerret Tacey.

Lamont bare lo. Og lo, og lo, og lo. Til slutt tørket han øynene og sa: "Jeg skjønner hvorfor han ble dømt. Du er et veldig overbevisende vitne. Til og med jeg tror nesten på deg, og jeg vet sannheten."

Taceys tanker snurret. Hva var det han snakket om? Hun fortalte sannheten.

"Tror du ikke Matt prøvde å drepe meg? Han tuklet med bremsene på bilen sin, og så lånte han bilen min så jeg måtte kjøre hans. Hvis jeg ikke hadde vært så forsiktig da jeg rygget ut av oppkjørselen, ville jeg ikke engang ha merket at noe var galt, og jeg ville sannsynligvis ha kjørt utfor stupet rundt hjørnet fra huset hans, rett ned i elva. Selv da jeg snakket med mekanikeren som vanligvis tar seg av bilen hans, trodde jeg ikke at Matt kunne ha gjort det, helt til han viste meg hvor bremsene hadde blitt kuttet. Det var han som ringte politiet, som ville vite om Matt hadde noen fiender. Når Matt ikke var målet, var det meg."

Lamont ristet bare på hodet. Medlidende. På samme måte som mamma hadde gjort da hun hørte om Matts arrestasjon. Mamma hadde aldri likt Matt, hadde hun sagt.

"Jeg er sikker på at alt teateret ditt falt i god jord hos dommeren i den første rettssaken, men det er mye som har skjedd de siste seks årene, mens du har lekt mor og bakt kaker. Din oppdiktet gråtkvalt historie vil ikke fungere i familiedomstolen. Ikke etter at Matt har fått seg en skikkelig advokat som kan anke saken, og han har blitt frikjent for alle anklager. Det vil faktisk bare hjelpe saken hans. Med dine psykiske problemer og ditt mislykkede selvmordsforsøk i bilen hans da du fant ut at du var gravid og han ikke ville gifte seg med deg, er det ikke rart at du ga ham skylden for dine egne problemer. Når du kommer med den historien nå som retten har frikjent ham, vil du bare fremstå som en vrangforestilling, og det vil gjøre jobben min nesten for lett."

Taceys munn lot ikke til å lukke seg. "Hva ... hva mener du?" Vrangforestillinger, selvmordsforsøk, psykiske problemer? "Matt fridde til meg i det øyeblikket han fant ut at jeg var gravid. Han insisterte på at jeg skulle bo hos foreldrene hans, så han kunne ta seg av meg til barnet kom ..." Det var derfor hun hadde hatt så vanskelig for å tro at han ville drepe henne. Helt til politiet hadde oppdaget livsforsikringen han hadde tegnet på henne. Da hadde hun mistet illusjonene og innsett sannheten.

Så hvorfor kalte Lamont henne vrangforestillinger nå?

Han lo igjen. "Frøken Bell, jeg kunne hørt på deg fortelle historier hele dagen, men jeg er en svært travel mann, og tiden min er verdifull. Du kom hit for å få juridisk rådgivning, og det skal jeg gi deg. Gi opp saken. Gi datteren din til faren hennes, og vær glad for at han ikke anmeldte deg for å ha lurt ham for drapsforsøk. Hvis du ønsker å ta denne saken til retten, vil du tape, og sannsynligvis ende opp i fengsel selv. Men du kommer til å havne i et fengsel for kriminelle sinnssyke, hvor du aldri får se verden utenfor igjen."

Kanskje hun hadde vrangforestillinger. Hun kunne umulig ha hørt advokaten si noe slikt. Hun var like tilregnelig som alle andre. Vel, det var Wystan, men han var definitivt ikke en vrangforestilling, selv om hun ønsket at han var det.

Hun hadde aldri forestilt seg å kysse et monste r...

Resepsjonisten hadde dukket opp igjen, tilkalt på magisk vis av Lamont.

"Følg frøken Bell ut", sa han og avviste henne med et knips med fingrene.

Tacey hoppet opp. "Nei! Jeg er her for å hyre deg til å hjelpe meg med å beholde datteren min, ikke for å be meg gi henne til Matt. Hvis du tror at jeg kommer til å gi datteren min til mannen som prøvde å drepe meg, er du like gal som han er. Jeg skal fortelle alle hva du sa, og du vil angre!"

Lamont virket ikke det minste bekymret. "Ta frøken Bell med ned i lobbyen, og sørg for at vaktene vet at hun ikke får komme inn i bygningen igjen. Ikke bare har hun truet meg, men hun sprer løgner om vår nyeste partner. Som om jeg ville tro henne mer enn min sønns beste venn! Vent til Matt hører dette. Han kommer garantert til å pisse i buksene av latter."

Puslespillbitene falt på plass, og Taceys hjerne fikk en kritisk masse. "Mener du at Matt jobber her? For et advokatfirma? Når han er en dømt forbryter? Det er ikke mulig!"

Lamont viftet med en finger mot henne. "Hvis jeg bare hadde vært i landet under den første rettssaken hans. Dessverre fikk jeg ikke høre om det før på avslutningsseremonien Matthew og Samuel skulle ha deltatt på sammen. Da jeg spurte Samuel hvor Matt var, fikk jeg først da vite at han satt i fengsel. Stakkaren hadde fullført hele utdannelsen bak murene og kom ikke engang ut i tide til seremonien! Jeg gjorde ham selvfølgelig noen tjenester for å få ham frikjent fra alle anklager, og jeg tilbød ham gjerne en jobb. Da han ba meg om råd for å få foreldreretten til barnet du hadde stjålet fra ham, tilbød jeg meg til og med å representere ham. Jeg kunne ikke la datteren hans vokse opp på en kakerlakkinfisert kafé som også er en brannfare. Kom deg ut. Før jeg selv ringer barnevernet."

Taceys munn åpnet og lukket seg, men det kom ingen lyd ut. Hun var ikke sikker på hvordan hun hadde kommet seg ut døren, eller ned til lobbyen, eller til bilen.

Lamont var kanskje ikke djevelen, men på en eller annen måte hadde hun havnet i helvete likevel.

Trettién

Wystan holdt løftet sitt til både Tacey og Rory, og gikk ned til kafeen, skjult innenfor veggene, men nær nok til å se og høre.

Tacey hadde betrodd datteren sin til en gutt. En udugelig dagdriver som tegnet utallige bilder uten å bry seg om hva papir og blekk kostet. Han gjorde omtrent det samme som Rory, men forskjellen var at gutten nesten var en voksen mann, en som burde lære seg et nyttig yrke i stedet for å tegne pene bilder.

Det gjorde vondt at Tacey stolte mer på denne gutten enn på Wystan selv når det gjaldt å ta seg av datteren hennes. Hadde ikke Wystan beskyttet henne de siste to ukene? Likevel hadde Tacey alltid vært i nærheten, eller i det minste nær nok til å høre ham rope hvis han hadde hatt behov for å slå alarm om at hun eller datteren var i fare.

Men denne gjenstridige gutten...

Wystan bestemte seg for å holde seg så nær Rory som mulig, samtidig som han skulle holde seg skjult, til Tacey kom tilbake.

"Hva er det du tegner? Er det møllmannen?" spurte gutten.

Rory rynket pannen. "Nei. Møllmenn finnes ikke, sa mamma. Ikke utenfor folks fantasi."

Gutten lo. "Å, Tacey vil nok bli overrasket over hvor mange monstre som faktisk finnes. Til og med møllmannen. Visste du at Rochelle filmet en video av ham utenfor denne kafeen?"

"Jeg tror han så mer ut som Batman. Og han forsvant inn i veggen. Batman kan ikke gjøre det. Men det kan gargoyler." Hun banket på bildet sitt. "Men jeg kan ikke gjøre vingene riktig."

Gutten rettet seg opp i setet. "Og hva vet du om gargoyler, lille Rory?"

Hun stirret på gutten som om hun trodde han var en komplett idiot. Wystan kunne ikke la være å trekke på smilebåndet. "Sollys skader dem, og de kan gjemme seg i veggene. De kan fly også, for de har vinger. Store, skinnaktige vinger, som en pterodaktyl." Hun kastet blyanten fra seg på bordet. "Men jeg kan ikke tegne dem riktig, onkel Ben. Gjør det du."

"Hva om jeg tegner strekene lett med blyanten min, bare for å få deg i gang, og så tegner du over dem før du fargelegger dem? Og så kan vi tegne vinger sammen neste gang, på hver vår side."

"Ok." Rory skjøv skisseblokken sin over bordet til Ben.

"Vingene er faktisk akkurat som store hender. De har benete deler akkurat som fingre, her og her og her, og så har de klør i hjørnene, i tilfelle han trenger å beskytte seg selv. Han må være inne, eller et sted der det ikke blåser for mye, for å ha vingene spredt ut slik, for det er slik han fanger vinden for å løfte seg fra bakken når han vil fly."

Rory rynket pannen. "Han trenger større klør. Han beskytter ikke bare seg selv. Han beskytter folk mot monstre. For det er det gargoyler gjør. De beskytter mennesker." Hun tok tilbake blokken og begynte å forlenge klørne med sinte strøk som gravde seg dypt ned i papiret.

Hun var for opptatt av tegningen til å legge merke til det beregnende blikket Ben sendte henne, som fikk ham til å se langt eldre ut enn alderen tilsa, før han var tilbake til den bekymringsløse gutten Wystan hadde tatt ham for. "Har moren din fortalt deg alt det der om gargoyler?"

Rory ristet på hodet uten å se på ham. "Nei. Wystan, gargoylen som lovte å beskytte meg, gjorde det. En gang ble han til stein da mamma åpnet persiennene, men vi dekket ham til, og han ble seg selv igjen da jeg lukket persiennene. Han kan ikke spise mat, men han sier at hvis han kunne, ville han gjerne leve av mammas muffins, for de lukter så godt."

Wystan følte Bens blikk på seg, noe som ikke kunne være mulig. Ingen vanlig mann kunne se gjennom vegger til der han gjemte seg.

Med mindre Ben ikke var noen vanlig mann...

"Beskytteren din høres ut som om han har god smak. Jeg vil gjerne møte Wystan en dag. Jeg vil også gjerne spise bare muffinsene til moren din. Men moren min har alltid sagt at jeg skal spise mer frukt og grønnsaker og kjøtt, ikke muffins, så vi bør nok ikke spise dem til lunsj. Visste du at Rochelle ikke bare lager den fineste kaffen, men at hun også kan lage smørbrød av nesten hva som helst? Bare se på alle disse!"

Rory gikk bort til disken og kikket inn i smørbrødskapet. "Jeg vil ha denne." Hun pekte på et rundstykke større enn underarmen hennes, fylt med kalkun, salat og cherrytomater. Dette var dagens jul i juli-spesial, visste Wystan, for han hadde sett Tacey lage dem.

"Jøss, du må virkelig være sulten. To av dem, takk, Rochelle. Hva vil du ha å drikke, Rory?"

"Mamma lager alltid milkshake til lunsj", løy Rory.

Wystan holdt på å korrigere henne, for Tacey laget bare milkshake til henne hvis det ikke var noen kunder i disken og hun hadde tid i lunsjen, noe som hadde skjedd nøyaktig én gang i løpet av hele den tiden han hadde kjent henne.

Men Rochelle nikket allerede, som om hun hadde gjort dette tusen ganger før. "Melk og iskrem, men ingen sirup, ikke sant, Rory?"

"Jepp!" Jenta smilte.

"Ikke bekymre deg. Jeg kommer med alt når det er klart. Jeg vet hvor bordet ditt er", sa Rochelle mens hun skyndte seg rundt bak disken.

Rory tok Bens hånd og førte ham tilbake til bordet som var dekket av tegnesaker. "Nå kan du lære meg å tegne vinger."

"Og jeg vil høre alt du vet om gargoyler", svarte Ben.

Rory fniste. "Vet du ikke noe om gargoyler? De er fra gamle dager, i Skottland, så de vet ikke så mye om elektrisitet og TV og sånt. Wystan visste ikke engang hvordan han skulle slå på lyset før jeg viste ham bryteren!"

"Jeg er fra Skottland. Da jeg vokste opp, hadde vi heller ikke lysbrytere i huset vårt," sa Ben. "For å slå av lyset måtte vi blåse ut et stearinlys."

"Virkelig?" Rorys øyne var store av undring.

"Jepp, virkelig." Ben strakte seg opp og festet den nyeste tegningen sin på veggen. "Nå, vinger."

Han fortsatte å snakke, men Wystan sluttet å lytte. I stedet skiftet han posisjon til han var på et sted der han kunne se galleriet av bilder som han aldri hadde lagt særlig merke til før.

De fleste av dem var skisser av ansatte og kunder i kafeen. Det var mange av Rochelle, men det siste stoppet ham.

Skissen viste et bord akkurat som det de satt ved nå, med en liten jente konsentrert om papiret foran seg. Men i stedet for at Ben satt ved siden av henne, hadde han tegnet en gargoyle med vingene foldet sammen bak seg, med en kopp kaffe i den ene hånden og en muffins i den andre.

Wystan ville ha gitt hva som helst for at bildet skulle være sant. For å sitte sammen med dem, i stedet for å se på fra veggen. Men han kunne i det minste se på, for da smørbrødene kom, insisterte hun på å stjele alle tomatene til Ben, og hun nektet å gi dem tilbake. Han hadde aldri ledd så mye i hele sitt liv.

Mann eller gutt, eller hva Ben nå enn var, kunne han ikke hamle opp med Taceys listige seksåring. En jente han hadde tenkt å beskytte som om hun var hans egen, så lenge skjebnen ville tillate det.

Trettito

Tacey var ikke sikker på hvordan hun kom seg fra advokatkontoret og tilbake til kafeen, men hun måtte ha kjørt. Alt hun kunne tenke på, var hvordan hun kom til å miste Rory, på grunn av Matt og den drittsekk-advokaten og alle de jævlige gutteklubbnettverkene og nepotisme og ... og ... og ...

"Se hva onkel Ben og jeg har tegnet!" skrek Rory og holdt opp et bilde som for det meste var grått.

Tacey mumlet noe som hun håpet hørtes beundrende ut, før hun slepte beina etter seg til lagerrommet for å gjøre opp status før hun la inn neste ukes bestilling. Helgens forsyninger ville ankomme i morgen tidlig, og det var spesielt lite igjen etter et par travle uker. På grunn av travelheten og de fordømte kakerlakkene var lageret nesten tomt. Så gikk hun til kjølerommet og deretter til fryseren.

Hun bestilte i en ørhet, og måtte gå tilbake to ganger for å sjekke at hun hadde talt riktig. Det var først da hun gikk ut av fryseren for andre gang at hun hørte det gjennomtrengende pipetonen som umulig kunne være...

"Brann", sa hun matt og marsjerte mot brannslukningsapparatet. Hun hadde trent ofte nok. Trekk ut splinten, sikt på bunnen av brannen og klem ... hun måtte bare finne brannen.

Kafeen var full av storøyde mennesker som stirret på henne og på hverandre mens de holdt hendene for ørene for å overdøve støyen.

"Få det til å slutte, mamma!" Rory jamret seg, så vidt hørbar over støyen.

Kjøkkenet var tomt, og det var ingen tegn til røyk som kunne utløse den skrikende alarmen. Så hvorfor...????

Hun trampet mot alarmen og tok opp et kjøkkenhåndkle for å slå til den dumme greia. Men så oppdaget hun at hun virvlet opp en røyksky.

Røyk kommer fra under lagerdøren...

For helvete.

Hun tok tak i dørhåndtaket, men rygget tilbake da det var rødglødende varmt. Hun husket kjøkkenhåndkleet og brukte det i stedet.

Rommet var fullt av røyk, og det var flammer over hele gulvet. Det ga ingen mening, for det hadde ikke vært noe å brenne.

Ingenting av dette ga noen mening.

En skygge kom farende ut av intet, skjøv henne til side og hoppet inn i flammene.

Hva slags idiot...?

Tacey husket brannslukningsapparatet, grep det og sprøytet løs på alt i lagerrommet til ingenting kom ut. Vinden gjennom det knuste vinduet blåste røyk og gasser rett tilbake på henne, noe som fikk henne til å hoste. Hun slapp det nå ubrukelige brannslukningsapparatet og brukte kjøkkenhåndkleet til å holde seg for munnen og nesen mens hun prøvde å vifte bort noe av den skadelige røyken slik at hun kunne se.

Det tok tjue minutter med å kjøre alle avtrekksviftene på kjøkkenet for å lufte ut før hun våget å gå inn på lagerrommet igjen.

Og gispet.

Wystan lå med spredte ører på gulvet, med den ene vingen i filler som en paraply som hadde vært gjennom en haglstorm. Han rørte seg ikke.

"Wystan? Går det bra med deg?" spurte hun. Hun visste selvfølgelig allerede svaret, men kanskje, bare kanskje ...

"Greit," mumlet han og reiste seg opp på alle fire før han kom seg på beina. Skrot knaset under hendene og føttene hans. Nei, knust glass, sannsynligvis fra vinduet. Han snudde seg rundt og...

Tacey måtte se bort. Buksene hans hadde heller ikke overlevd brannen. Hun slengte kjøkkenhåndkleet mot ham, selv om det neppe ville dekke stort mer enn det aller nødvendigste, og knapt nok det.

På badet lå den gamle posen med kokkehvite klær som de forrige eierne hadde etterlatt seg. Noe i den kunne passe ham...

Tacey gravde febrilsk i den til hun fant et par bukser og en skjorte som var store nok til å dekke vingene hans.

Da hun kom tilbake for å gi ham klærne, fant hun ham imidlertid med en halv knust flaske i hånden.

"Noen startet brannen ved å kaste en flaske lampeolje gjennom vinduet ditt," sa han.

Brannstiftelse? Hvem ville...

Hun trengte knapt å tenke før hun hadde svaret. Matts advokatvenn hadde nevnt kafeen som en brannfare som bare ventet på å skje. Han måtte ha hørt det fra Matt, som hadde satt seg fore å brenne stedet ned med vilje. Han skulle ta Rory fra henne, og levebrødet hennes ... de kunne begge ha dødd i brannen.

Til helvete med Matt og advokaten som fikk ham ut av fengsel. Han skulle ikke slippe unna med dette heller.

"Jeg må ringe politiet", sa Tacey.

Trettitre

"Hvem er dette?"

Da Tacey gikk inn i kafeen igjen, fant hun Ben stirrende på Wystan. Nesten som om han vurderte ham for en skisse. Eller en slåsskamp, Tacey var ikke sikker.

"Dette er Wystan. Han er ... her som ekstra sikkerhet", sa Tacey. Det var nok ikke det beste å si til kunstneren som også var sikkerhetsvakt. "Og for å hjelpe til på kjøkkenet." Det burde hun nok ha sagt med en gang, siden han gikk i kokkeklær og alt.

Men Ben så ikke ut til å bli fornærmet i det hele tatt. Han nikket bare ettertenksomt. "Hvor lenge har du vært i beskyttelsesbransjen, Wystan?"

Nesten som om han allerede kjente ham. Men det var vel ikke mulig?

"Han har hjulpet meg i omtrent en uke nå", sier Tacey.

Flere nikk. "Så hva er det han beskytter deg mot?"

Tacey kjente at hun ble varm i kinnene. "Ikke noe du trenger å bekymre deg for. Jeg vil ikke at du og Rochelle skal bli innblandet i dette."

"Hjalp du til med å slukke brannen?" spurte Ben.

Wystan nikket. "Det er trygt nå. Jeg bør hjelpe til med å rydde opp ..."

"Nei! Vi må vente på politiet. Kanskje på kriminalteknikerne", sa Tacey.

"Da går jeg og venter i bilen," sa Wystan.

"Kan jeg bli med ham, mamma?" spurte Rory.

"Nei, du må bli her. Politiet kommer, og det kan ta en stund. Kanskje ... du burde gå ovenpå en stund? Jeg skal si fra når det er på tide å gå", sa Tacey.

Ben reiste seg. "Jeg blir med henne opp for å åpne noen vinduer og hjelpe til med å fjerne røyken."

"Jeg burde bli med henne. Du har tatt deg av henne i hele dag. Jeg kan ikke få takket deg nok, selv om avtalen var bortkastet tid. Jeg burde betale deg for barnepasset. Jeg vet ikke engang hvor my e..." Tacey stotret.

Ben humret. "Rory er faktisk litt av en muse. Mens vi tegnet i ettermiddag, ga hun meg en helt fantastisk idé til en tegneserie. Jeg har skissert ned ideer det meste av ettermiddagen. Jeg burde betale deg... eller henne." Han gikk opp trappen. "Det ser ut til at politiet har ankommet."

Og ganske riktig, to betjenter sto utenfor døren på gangstien utenfor.

Trettifire

"Miss Bell, har du noen fiender? Noen som kan tenkes å ville skade deg eller virksomheten din?" spurte en av politibetjentene, mens partneren hans var opptatt med å undersøke lagerrommet.

Tacey pustet frustrert ut. "Bare eksen min, Matt. Matthew Masters. Han krever foreldreretten til datteren vår og truer med at jeg kommer til å angre hvis jeg ikke gir ham henne fra meg." Men det ville hun ikke, bestemte hun seg for. Uansett hva Matt eller det rasshølet av en advokat sa, visste hun at Matt hadde forsøkt å drepe henne tidligere, og mellom kakerlakkene og nå denne molotovcocktailen, prøvde han å ødelegge henne igjen nå. Hun hadde ikke tenkt å la ham vinne.

"Har du en adresse til Mr. Masters?"

Tacey ramset opp adressen til Matts foreldres herskapshus ved elvebredden, stedet med de bølgende plenene hun hadde rullet over da hun hoppet ut av den saboterte Holden HR Special. Han hadde sannsynligvis fortsatt bilen, for den hadde bare fått noen få riper i den tomatrøde lakken da den hadde kjørt inn i naboens hekk.

Hun ville bodd der med ham hvis han ikke hadde prøvd å drepe henne. Rory ville løpt rundt på de plenene...

Men nei. Rory ville sannsynligvis ikke ha fått lov til å leke i den velstelte hagen som Arnold Masters hadde brukt hver ledige stund på å stelle, selv om den nå sannsynligvis ble passet av en gartner. Selv om Christine Masters ikke lenger var der til å misbillige alt som forstyrret hennes perfekte liv, hadde Matt vært for dypt indoktrinert i morens regler til noen gang å bryte dem.

Betjenten stakk nettbrettet bort da partneren hans kom ut fra kjøkkenet. "Ferdig?" Den andre betjenten nikket. "Da går vi, miss Bell. Vi sender disse prøvene ned til laboratoriet og ser om vi kan ta en prat med Mr. Masters. I mellomtiden bør du kanskje tette igjen det vinduet. Hvis vi finner noe, tar vi kontakt."

Tacey nikket og fulgte dem ut.

Da hun kom inn på kafeen igjen, oppdaget hun at stedet var tomt bortsett fra henne selv og Rochelle - ikke en kunde i sikte. Tacey sukket. "Vi bør nok stenge tidlig. Du og Ben kan gå hjem, mens jeg fikser det vinduet ..." For andre gang på like mange uker

Ben dundret ned trappen. "Sa du at du trengte en snekker? Jeg har vært litt i byggebransjen. Vis meg hvor verktøyet ditt er, så kan jeg ta meg av vinduet ditt. Du må få Rory hjem før hun sovner og du må bære henne ned trappene."

For en mor hun var. Rory kunne ha dødd i brannen, og Tacey hadde helt glemt at hun var her. "Ja. Rory. Er du sikker på det? Jeg kan betale deg..."

Ben bare lo. "Jeg trenger ikke pengene dine, Tacey. Behold dem til deg selv og datteren din. Det høres ut som om du trenger dem mer enn jeg gjør, særlig med tanke på hvordan Rory går gjennom kunstmateriellet. Hun er en snill jente. Få henne hjem og pass på henne, nå."

Det var en tone av kommando i Bens tonefall som hun aldri hadde hørt før, og Tacey tok seg selv i å nikke lydig. Han var en ung gatekunstner, og Rochelles kjæreste, men det var noe i øynene hans som fortalte om noe mer. Som da han hadde stirret på Wystan, som om han visste hva han var og hadde tatt mål av ham.

Fantes det mer enn ett monster i livet hennes?

Tacey ristet på hodet. Nei, men Wystan ventet i bilen, og Rory måtte hjem og legge seg. I det minste ville hun ha Wystan til å passe på seg i natt, ellers ville hun ikke få sove i det hele tatt. Hvis Matt kom til Bell House og satte fyr på det...

Tacey grøsset. Nei, Matt ville ikke komme i nærheten av Bell House i kveld, for Wystan ville holde vakt. Beskytte dem, slik han alltid gjorde.

Hun tok farvel med Rochelle og Ben og fikk dem til å love å si fra hvis det ble mer bråk på kafeen, før hun grep Rorys hånd og førte henne ut til bilen.

"Hvor er Wystan?" mumlet Rory mens hun festet sikkerhetsbeltet.

Ikke i bilen, det var helt sikkert. Eller noe annet sted Tacey kunne se.

"Wystan? Vi skal hjem nå. Hvis du vil ha skyss, er det på tide å dra," sa Tacey. "Wystan?"

Men han dukket ikke opp, og Tacey ble tvunget til å dra hjem uten ham.

Trettifem

"Ild", sa Tacey lavmælt, før tankene hennes ble oppslukt av en bølge av panikk.

Wystan reagerte før han rakk å tenke. Han stilte seg mellom henne og ilden og brukte sin egen steinkropp til å kvele flammene. Et øyeblikk senere strømmet en flom av iskaldt vann over ham, og han hørte et illevarslende brak.

Et øyeblikk var han en gutt igjen, som falt ned fra et tre han hadde klatret opp i sammen med søskenbarna sine, da han første gang hadde hørt en slik knakende lyd. I et langt øyeblikk hadde verden føltes fremmed og feil, men så hadde smerten slått inn, og han hadde ikke kjent noe annet.

Wystan ventet på at smerten skulle overvelde ham nå som den hadde gjort den gangen, men det var ingenting. Bare en dum gargoyle som lå på magen på gulvet i lagerlokalet, i det som skulle ha vært en vannpytt, men ... ikke var det. Han hadde ikke forestilt seg vannet, hadde han vel?

Tacey holdt en stor metallsylinder med en slags slange på toppen, i stedet for en bøtte, slik han hadde forventet. Usynlig vann? Eller vann som forsvant etter at det hadde slukket brannen? Eller kanskje alt hadde blitt til damp? Vanskelig å si med tanke på røykmengden i rommet.

Tacey fant noen nye klær til ham, for buksene hans hadde ikke overlevd brannen, og hjalp ham med å kle på seg. Fortsatt forvirret av brannen og følelsen av å være feil, fulgte han etter henne ut på kafeen, men stanset opp da han innså at de ikke var alene. Rory holdt gutten Ben fast i hånden, selv om gutten selv stirret ivrig på Wystan.

Før Wystan rakk å advare henne, hadde hun presentert ham, og Bens spørsmål ble spissformulerte.

Wystan måtte komme seg ut derfra. Han mumlet noe om at han måtte vaske seg, men Tacey ville ikke la ham gjøre det. Så han foreslo at han skulle gå ut og vente i bilen i stedet, noe Tacey tillot.

I samme øyeblikk som Wystan var ute av syne, gled han innenfor den nærmeste muren og gikk ut på gårdsplassen, der flasken med lampeolje måtte ha kommet fra. Stedet var tomt, men lukten av lampeolje hang igjen, så han fulgte den. Gjennom pensjonatet, ut inngangsdøren og rundt hjørnet, der en stor, rød vogn sto parkert. Nei, en bil. Det var det Tacey kalte den hesteløse vognen sin, selv om denne var en koloss sammenlignet med hennes phaeton, og den knurret som om den var et levende beist som hadde tenkt å spise noen av fotgjengerne i nærheten til kveldsmat.

Knurringen ble til et brøl da bilen kjørte av gårde, og Wystan kastet seg opp i luften for å følge etter ... bare for å styrte ned på taket igjen da vingene ikke ville holde ham oppe. Hva i himmelens navn?

Han rev av seg det som var igjen av den slitte skjorten, bare for å oppdage at vingene hans lå i filler. Det var det som hadde vært den knusende lyden - vingene hans som knuste mellom ildens angrep på den ene siden og isen på den andre. Nå, etter å ha reddet Tacey fra ilden, måtte han maktesløs se på at mannen som hadde satt henne i livsfare, raste av gårde.

Han likte ikke å mislykkes, og han gledet seg enda mindre til å fortelle Tacey at han ikke hadde tatt gjerningsmannen. Men han var likevel forpliktet til å fortelle henne det, så han snek seg mellom veggene tilbake til kafeen, bare for å finne henne i samtale med en ukjent mann i politiuniform.

Nei, to av dem, som sa de skulle besøke mannen. I kveld.

Wystan hadde en sjanse til å gjøre opp for seg, til å snu sin fiasko til noe bedre. Denne sjansen ville han ikke la gå fra seg. I stedet for å tilstå overfor Tacey fulgte han etter politibetjentene, gjennom veggene på pensjonatet mens de avhørte resepsjonisten og noen av leieboerne, hvorav ingen hevdet å ha sett noe, før de returnerte til vakthuset, der bilen deres sto parkert. Politiet satte seg inn, og Wystan hoppet lett opp på taket og holdt seg fast hele veien til huset der den store, røde bilen sto parkert.

Politibetjentene brydde seg ikke om bilen, men gikk bare forbi den til inngangsdøren i det store huset og banket på som om de hadde all rett til å være der, i stedet for å bli sendt til tjenesteinngangen, for et så stort hus trengte vel ansatte til å drive det?

Wystan tok på panseret på bilen, som han visste at motoren lå under. Den var varm å ta på. Det var den samme bilen han hadde sett parkert rundt hjørnet fra Taceys kafé. Bilen han hadde forsøkt å drepe henne med.

Og mannen ved døren, som viftet med hendene mens han snakket med politiet, var helt klart Rorys far. Mannen hun hadde tryglet ham om å beskytte henne fra.

Wystan kunne ikke høre samtalen deres herfra, så han snek seg inn mellom husveggene for å krype nærmere.

"Jeg sa jo at jeg har vært her i hele ettermiddag. Jeg skulle akkurat til å gå ut for å kjøpe takeaway til middag. Etter all dritten de serverte i fengselet, er jeg fortsatt en sucker for en god pizza."

Begge politibetjentene stivnet. "Har du nylig blitt løslatt fra fengsel?"

Mannen gliste. "Ja, ser du ikke på nyhetene? Forferdelig justismord. Da kjæresten min ble gravid for å tvinge meg til å gifte meg med henne, og jeg ikke ville, prøvde hun å begå selvmord i stedet, men mislyktes, og fikk meg anklaget for drap i stedet. Politiet trodde på det, dommeren og juryen trodde på det, og der satt jeg, et uskyldig offer, og sultet i fengsel i fem lange år, mens den gale kjerringa som satte meg der, tilbrakte hele dagen med å drikke kaffe med venninnene sine, leke mamma for datteren hun lurte meg til å bli gravid med og fortelle løgner om meg til alle. Det er vel derfor du er her? Sa Tacita at jeg plaget henne? At jeg gjorde noe? Enten er hun flink til å lyve, eller så har hun vrangforestillinger. Jeg gjør henne en tjeneste hvis jeg tar datteren vår fra henne. Du gjør jenta en tjeneste. Hvem vet? Kanskje hun får så dårlig samvittighet for det hun gjorde mot meg at hun faktisk gjennomfører selvmordet denne gangen. Gjør alle en tjeneste."

"Mr. Masters..."

Politibetjentene snublet over hverandre, en blanding av sjokk over det han hadde sagt og forvrengte unnskyldninger for det han hadde vært utsatt for.

Det han hadde sagt at han led...

Mannens historie lignet nok på Taceys til å antyde at det kunne være noe sant i den ... men detaljene var så vidt forskjellige at bare én av dem kunne være sannheten. Hvis denne mannen hadde rett, og Tacey kanskje ville prøve å ta livet av seg, hørte Wystan hjemme ved hennes side, der han kunne beskytte henne. Men hvis Tacey hadde fortalt sannheten, og denne mannen hadde forsøkt å drepe henne - ikke bare tidligere, men også i kveld på kafeen - da var det denne mannen foran ham som utgjorde den største faren for henne. Hvis Wystan holdt øye med ham, ville han kunne stoppe ham før han kunne skade Tacey eller Rory.

Mannen smalt igjen døren, og politiet gikk tilbake til bilen sin.

Wystan måtte velge - dra tilbake til Tacey eller bli her?

"Dumme svin", mumlet mannen. "De tror på hva som helst. Synd at kafébrannen ikke drepte henne. De ville ha sagt noe hvis hun var død, bare for å se reaksjonen min. Akkurat som forrige gang, da hun heller ikke ville dø. Men den hurpa kan ikke være udødelig. Hellet hennes kommer til å ta slutt en gang, og når det skjer, har jeg forsikringen til å komme og hente henne. Jeg kommer etter deg, kjerring, for du skylder meg en stor, fet lønnssjekk."

Wystan knyttet nevene. Selvfølgelig hadde Tacey snakket sant. Denne jævelen hadde ikke bare forsøkt å drepe henne tidligere, men han ønsket å gjøre det enda mer nå. For penger, som om han trengte det, når han bodde i et så flott hus. Grådige jævel.

Da måtte Wystan bare ombestemme seg. For hvis denne walloper'en prøvde å skade Rory eller Tacey igjen, kom Wystan til å rive hodet av ham. Etter at han hadde revet av ham lemmene og andre deler han var spesielt knyttet til. Ingen skadet familien hans, eller i det minste den han hadde sverget å beskytte.

Trettiseks

Den ene natten hun virkelig følte at hun trengte en manns beskyttelse, og Wystan var ikke der. Hun hadde gått ut og sjekket taket, og hun hadde til og med ropt navnet hans et par ganger fra verandaen, men fortsatt fikk Tacey ikke noe svar.

Kanskje noe ille hadde skjedd med ham. Vel, verre enn skaden på vingene. Kunne hun hjelpe ham med å reparere dem? Hun kunne neppe ringe etter ambulanse - hun var ganske sikker på at de lokale sykehusene ikke hadde peiling på å behandle gargoyler - men hvis han visste hva slags førstehjelp han trengte, ville hun i det minste kunne hjelpe.

Etter panikken med å finne noen som kunne passe Rory da mamma avlyste, etter fiaskoen med møtet med advokaten, for ikke å snakke om brannen som nesten hadde lagt kafeen i ruiner, var det eneste Tacey ønsket seg mer enn noe annet akkurat nå, at noen skulle gi henne en klem og fortelle henne at alt kom til å ordne seg.

Det ville sannsynligvis være løgn, men en god nok klem i et par sterke armer som presset henne opp mot en hard, muskuløs kropp, ville være nok til å få henne til å tro det. Eller i det minste distrahere henne.

Eller enda bedre, et kyss eller noe mer...

Kanskje hun var gal som ville kysse et monster. Ville ha Wystan i sengen sin. Men da hun så ham ligge der på gulvet, skadet, mens han prøvde å redde henne, kunne hun ikke se ham som et monster lenger. Visst hadde han vinger og horn og monsterstørrelsen på ... manndelene sine, men han hadde aldri vært noe annet enn en perfekt gentleman i hennes eller Rorys nærvær. Han så kanskje ut som et monster på utsiden ... men på innsiden ... ok, og kanskje noen deler på utsiden ... var han stort sett hennes idealmann.

Og det var ikke det at hun hadde noe imot vinger eller horn. Vingene kunne være ganske nyttige, og hornene, vel … de ville gi henne noe å holde fast i hvis de noen gang …

Innrøm det, sa hun til seg selv. Du har hatt lyst på den monsterkuken siden du så den. Hold deg fast i hornene hans og bare ri ham til dere begge skrek.

Hvis han var på soverommet hennes akkurat nå, var det akkurat det hun hadde lyst til å gjøre. Hun ville knulle dem begge to sønder og sammen, helt til hun glemte Matt og advokater og branner og helseinspektører og alt det gale i livet sitt, slik at hun i en time eller to bare kunne føle og ikke tenke på noe av det.

Rory … Rory var trygt hjemme og sov. Hun var både det mest stressende og det viktigste i Taceys liv, og Tacey ville gjort hva som helst for henne, men i nattens mørke timer, når hun visste at Rory lå trygt og sov, ønsket hun seg noen ganger noe mer. Noe for seg selv. Til og med noen. Noen som ville være den ansvarlige. Som ville ta ansvar så hun slapp å gjøre det.

Som Wystan hadde med brannen i dag.

Tok han kommandoen på soverommet?

Hun kunne bare håpe.

Og drømme. Faen, kunne hun drømme...

Trettisju

I noe som virket som timer satt mannen og så på fjernsynet sitt. Hans tok opp mesteparten av den ene veggen, så mye større enn den i Taceys hus, og programmet var ikke i nærheten av å være like interessant som de Tacey og Rory så på. Nei, hele tiden han så på, viste skjermen menn i trange, lyse skjorter og bukser som var så korte at de knapt var der i det hele tatt, som løp rundt på en grønn åker og sparket og kastet en eggformet ball til hverandre.

Wystan hadde spilt en god del spill, både på skolen og av og til på festdager, men å se andre menn gjøre det uten å være en del av det? Wystan kunne ikke forestille seg noe mer kjedelig. Han ville ha vært midt oppe i det, sparket og kastet og taklet og ... bet den mannen nettopp noen? Ah, det var mer som det!

Men så kom det menn stormende inn på banen for å stoppe spillet og protestere mot bitingen, så Wystan mistet interessen igjen.

Derfor ble han overrasket over å høre klirringen av nøkler da mannen reiste seg fra stolen og gikk mot døren.

Han kunne ikke dra. I hvert fall ikke uten at Wystan ble med ham.

Så mens mannen låste døren, snek Wystan seg gjennom veggene til garasjen og gled inn i baksetet på den røde bilen. Han holdt seg lavt, slik at mannen ikke skulle se ham i speilet som han visste at Tacey likte å sjekke ofte, og lurte på hva han skulle si for å prøve å overtale denne mannen til å la Tacey og Rory være i fred.

Hadde det vært Effie og barnet, ville ingenting ha holdt ham unna dem. Ingen trusler, løfter eller begrunnelser av noe slag. Men Wystan hadde aldri ønsket Effie død.

Mannen kastet seg ned i førersetet, og motoren brummet i gang som det udyret den var.

Wystan tenkte seg om. Han var ikke den mest veltalende i familien. Om noen, så var det Grant og Harlow. Grant kunne overtale hvem som helst til hva som helst, mens broren kunne overtale dem til å la være. Wystan skulle ønske han hadde dem begge her til å gi ham råd. Men han hadde bare sin egen forstand, og selv den så ut til å ha forlatt ham.

Han var bonde, og en bonde som snakket rett ut. Han kom bare på én ting å si, så han gled høyere opp i setet, slik at sjåføren kunne se ham i speilet, og henvendte seg til ham: "Hva skal til for at du vil la Tacey og datteren hennes være i fred, herr Masters?"

"Hva i helvete?" Masters stirret inn i speilet og hoppet faktisk i setet, før han snudde seg helt rundt for å se Wystan med sine egne øyne. "Hva i helvete er du?"

Rattet på bilen vred seg i hendene hans, men han brydde seg ikke om det i panikken over passasjeren.

"Jeg heter Wystan Stone, og jeg er frøken Bells gargoyle-beskytter," sa Wystan.

"Kom deg ut av bilen min, for faen!" ropte mannen og slo etter Wystan.

Wystan unngikk lett den flaksende hånden, selv om bilens bevegelser fikk ham til å skli langs setet. Kanskje Wystan burde ha festet sikkerhetsbeltet, slik han hadde gjort i Taceys varetekt. "Ikke før du gir meg ditt ord på at du aldri vil plage frøken Bell eller datteren hennes igjen."

Det var lite sannsynlig at han ville få en slik forsikring fra mannen akkurat nå, som slingret vilt rundt på veien mens han prøvde å nå Wystan. Mannen hadde blitt helt gal. Men Wystan følte ingen skyldfølelse i det hele tatt for å ha løyet for mannen, som hadde løyet så lettvint for politibetjentene om Tacey.

"Hva i helvete? Du er fyren i dressen, ikke sant? Han i videoen? Kom deg ut av bilen min, ellers skal jeg gi deg så mye juling at du må gå med maske resten av livet, og ingen vil engang se på deg!" Mannen strakte seg bakover og grep tak i Wystans arm, men da han gjorde det, svingte bilen hans faretruende mot en betongvegg.

"Herr Masters!" Wystan grep etter rattet for å korrigere bilens kurs, men måtte kjempe mot mannen om kontrollen over bilen. I det ene øyeblikket var de i ferd med å treffe betongveggen, og i det neste var de på vei mot metallbarrieren i kanten av veien. Nei, kanten av en bro...

Tiden så ut til å stå stille da bilen traff bommen med bredsiden til, men i stedet for å stoppe, ville bilen fortsette å kjøre, den vippet opp og ned til den ikke lenger var på broen. Så begynte den å falle.

Glasskår fløy overalt, fra vinduer som var knust akkurat som det denne mannen hadde knust på kafeen i går kveld. Og så traff de.

Den føltes like hard som betong, eller en annen vei, helt til vannet begynte å fosse inn i bilen mens den sank. Mannen skrek og tryglet om hjelp og om å bli sluppet fri, men ingen holdt ham fast. Blodet strimet vannet rundt ham, og han bare fortsatte å skrike, selv om bilen sank under overflaten, og lyden kom mer ut som gurgling.

Wystan heiste seg ut av bilens knuste bakrute, for vannet plaget ham ikke, han hadde ikke behov for å puste. Bilen satte seg på elvebredden, så det var en enkel sak for ham å gå rundt til fronten og kikke inn på mannen.

Øynene hans var vidåpne og stirret, men uten å se. Dashbordet i bilen hadde festet beina hans til setet, så han hang opp ned, med munnen fortsatt åpen som om han ville skrike en siste gang.

Men han ville aldri skrike igjen. Med mindre skjebnen ville gi ham en ny sjanse, slik den hadde gitt Wystan...

Nei. Effies død hadde vært tragisk. Forferdelig og kanskje mulig å forhindre, hvis legen hadde kommet i tide, men det var ikke Wystans feil. Mens denne mannen hadde planlagt Taceys død, noe som gjorde ham til en helt annen skapning.

Et monster Rory ville at han skulle beskytte henne mot.

Og det hadde han. Men ved et uhell, eller ved en tilfeldighet, hadde Wystan beseiret monsteret. Tacey og Rory var trygge.

Nå, hvis skjebnen virkelig hadde velsignet ham, ville han få lov til å stige opp til himmelen for å tilbringe evigheten sammen med Effie og barnet.

Han angret bare på én ting: at han ikke hadde fått sjansen til å ta farvel med Tacey og Rory og kreve et avskjedskyss. For han ville savne dem begge veldig.

Wystan lukket øynene og ventet. En engel ville vel komme? Eller noen?

Han ventet og ventet, men det kom ingen trompeter, ingen engler. Ikke engang en djevel kom for å sluke ham fordi han våget å håpe på himmelen.

Det betydde at han fortsatt måtte beskytte Tacey og Rory. Håpet blomstret i hjertet hans. De trengte ham fortsatt.

Wystan kunne leve med det.

Så han snudde seg slik at han vendte seg nedover elven, mot havet, og begynte å gå langs elvebredden hjemover.

Trettiåtte

"På tide å gå NÅ, Rory!" ropte Tacey. Herregud, hun ville ikke rope til henne på det som kunne bli deres siste morgen sammen.

Hvis bare Matt hadde kjørt inn i et tre eller noe og ikke dukket opp.

Tacey ristet på hodet. Nei, det skulle hun ikke ønske for Matt, og slett ikke for det uskyldige treet.

En betongbarriere, kanskje?

Bare hvis det betydde at han aldri ville dukke opp. For hvis han kom for sent, ville han bli enda sintere og slemmere, og han ville kanskje prøve å la det gå ut over Rory...

Tacey hadde pakket en overnattingsbag til Rory, den samme som hun pleide å ta med seg til mamma når hun overnattet, og gjemt den i bagasjerommet på bilen. Hun hadde ikke tenkt å overgi Rory til Matt, men han var faren hennes og hadde rett til samvær, om ikke annet. Når han kom, skulle hun si til ham at Rory kunne være hos ham i helgen, men at hun måtte være hjemme søndag ettermiddag, for hun hadde skole på mandag.

Han og den drittsekkaktige advokaten hans kunne prøve å trekke henne for retten, men det fantes andre advokater i Perth, og hun ville finne en annen. Og for hver løgn Matt hadde fortalt om henne, kunne hun fortelle like mange historier om ham. Politiet måtte finne noe som knyttet ham til kakerlakkene eller brannen, og det ville hun også ta med seg til retten. Han kunne ikke få full foreldrerett over Rory hvis han satt i fengsel for mordbrann, noe som var en forferdelig forbrytelse i det brannfarlige Perth.

Dette var ikke slutten. Hun ville kjempe mot ham hele veien.

Så lenge de faktisk kom seg til kafeen...

"Rory! Jeg teller til tre!"

Rory kom trampende inn i bildet. "Jeg finner ikke de grønne tangaene mine."

Sikkert fordi de var pakket ned i overnattingsbagen, tenkte Tacey, men sa det ikke. "Du kan ikke ha dem på deg i dag. Det er vinter. Du trenger sokker og joggesko."

Brummende begynte Rory å trekke på seg sokkene.

Tacey lurte på hvordan Matt ville takle et av Rorys raserianfall. De kunne være helt spektakulære og gjøre Tacey helt utslitt, men hun visste at hvis hun viste svakhet, ville hun definitivt tape, så hun måtte kjempe til siste slutt. Matt ... vel, det kunne han finne ut av selv. Hvis han ville være en ansvarlig forelder, ville han ikke få noen hjelp fra henne.

"Er du klar?" spurte Tacey.

Rory begynte å nikke, før munnen hennes åpnet seg. "Jeg holdt på å glemme balltreet mitt! Jeg må vise det til onkel Ben!" Hun løp tilbake til rommet sitt.

Tacey sukket. Det kom til å bli en lang morgen.

Tretti-ni

Uten Ben og Wystan insisterte Rory på å sette seg ved Bens bord i kafeen, ved siden av det voksende kunstgalleriet sitt. Han hadde lagt tegneserier til skissene nå - alle med en gargoyle med en kopp kaffe i hånden. Var det disse han hadde snakket om i går? Det må det være, bestemte Tacey seg for.

Hun ga Rory et par muffins og en babycino med en sjablong av baby-Yoda på toppen i kakaopulver, og begynte å bake i vei. Lørdagsmorgener var alltid travle, og denne morgenen var hun alene. Det var bedre at ingen andre måtte ta seg av Matt.

De siste kakene kom ut av ovnen rett før åpningstid, så Tacey vippet opp skiltet og tok plass bak disken.

Kaffe etter kaffe og muffins etter muffins gikk over disken, helt til skapet nesten var tomt. Tacey skyndte seg ut på kjøkkenet etter et nytt brett og sjekket hva klokken var. Klokken var nesten tolv! Matt hadde aldri dukket opp lørdag morgen. Han hadde aldri vært punktlig før, så det hadde i hvert fall ikke endret seg.

Et øyeblikk våget hun å håpe at han ikke kom, men hun slo tanken fra seg et øyeblikk etter at hun hadde tenkt den. Nei, hvis Matt sa at han ville komme, ville han komme, selv om han var forsinket. Han holdt alltid løftene sine, spesielt de mørke.

Klokken 12.00 kom og gikk, så Tacey laget et smørbrød til Rory og serverte en salat ved siden av, som besto mer av cherrytomater enn salat. Så lenge hun spiste litt grønnsaker, gikk det vel bra?

Da lunsjrushet var over, tok Tacey seg tid til å hente et smørbrød til seg selv. Hun hadde lagt ekstra brie i et av kalkunsmørbrødene, og gjemt det i kjøleskapet sammen med melken. Ikke rart disse solgte så godt. Det var nydelig. Hun burde gjøre disse til en fast del av menyen.

I det øyeblikket hun hadde munnen full, kom det selvfølgelig kunder inn. Nei, to politimenn.

"Har du noe nytt om laboratorietestene? Eller har han tilstått brannbomben?" spurte hun ivrig.

De to betjentene så forvirret på hverandre før den ene ristet på hodet.

Først da gikk det opp for Tacey at ingen av dem var de samme betjentene som hadde kommet etter brannen.

"Er du Tacita Bell?" spurte den kvinnelige betjenten.

Tacey nikket. "Kall meg Tacey", sa hun.

"Kjenner du en mann ved navn Matthew Masters?" spurte betjenten.

Tacey nikket igjen. "Han er faren til datteren min. Han sa... han sa at han ville komme hit i morges for å hente henne. Han krever full foreldrerett, men hun kjenner ham knapt. Inntil en domstol bestemmer noe annet, vil han i beste fall få samvær."

"Datteren din er Aurora Bell?"

Tacey pekte på Bens bord. "Det er henne der borte." Hun grimaserte da Rory bet i en tomat og saften sprutet ut over kinnet hennes.

"Når så du Mr. Masters sist?"

Hun hadde ikke sett ham kaste molotovcocktailen eller posen med kakerlakker. "Kanskje for to uker siden, her på kafeen."

"Virket han nedfor i det hele tatt?"

Tacey lo. "Han virket mobbende og truende. Han sa at han kom til å ta datteren vår fra meg, og at hvis jeg visste hva som var bra for meg, ville jeg også bli med. Som om jeg er dum nok til å gå tilbake til en mann som prøvde å drepe meg."

"Vet du hvor han er nå?"

Tacey lo bare enda mer. "Han skal jo være her, så nei, jeg aner ikke hvor han kan være som er viktigere enn datteren han ikke har brydd seg om før nå, når han plutselig vil ha henne. Kanskje han har tatt til fornuft og bestemt seg for å selge foreldrenes fine hus og leve av inntektene på en strand på Bali?" Hvis grensene var åpne, noe de selvsagt ikke var.

De to politimennene utvekslet et tungt blikk.

Taceys hjerte sank. Uansett hva de visste som hun ikke visste, var det ikke bra.

Hun fuktet leppene. "Er det mitt hus? Brant han ned Bell House?"

Det gikk et langt øyeblikk før den mannlige sa: "Miss Bell, herr Masters kjørte av Mount Henry-broen i går kveld. Etter det vi kan se på trafikkameraene, kjørte han ukontrollert og var nær ved å treffe flere andre biler og betongbarrieren, før han plutselig svingte og kjørte av broen. Vi fant liket hans i elva i morges."

Tacey kunne knapt tro det. Hun hadde riktignok tenkt på at noe fælt kunne skje med Matt, men hun hadde ikke seriøst vurdert ... "Matt er død?"

Begge nikket. "Og vi tror at din datter er hans eneste arving."

Eide Rory huset til Matts foreldre i Salter Point? Christines uberørte plener? Christine ville snudd seg i graven hvis hun visste det.

"Rory er for ung til å eie eiendom. Hun har så vidt begynt å lære å lese, og hun er i hvert fall ikke god nok til å skrive under på kontrakter med det første."

Den mannlige betjenten hostet. "Vel, som hennes verge har du ansvaret for henne frem til hun fyller atten. Advokatene må selvsagt gå gjennom alt papirarbeidet, og det kan ta måneder, men når alt er ordnet, tror jeg du vil oppdage at før herr Masters på tragisk vis tok sitt eget liv, visste han at datteren hans ville bli forsørget."

Matt? Selvmord? Nei, aldri. Han kjørte full eller snakket i telefonen og var uoppmerksom på veien, kanskje. Men uansett hva som hadde fått Matt til å kjøre av den broen, var det mer som et mirakel for henne og Rory.

"Takk for at du sa ifra. Vil du ha en kaffe eller en muffins?" Tacey tilbød seg.

Politibetjentene takket nei, og gikk igjen med et løfte om at Matts advokat ville ta kontakt. Tacey gledet seg virkelig til det møtet. Dominic Lamont kom til å kysse henne i ræva.

Førti

Resten av dagen gikk i ett. Kunder kom og gikk, og Octavia ville jobbe med det superhemmelige prosjektet sitt ovenpå i kveld, så hun hadde tilbudt seg å stå ved disken til kafeen stengte, så da solnedgangen farget himmelen oransje, hengte Tacey på seg forkleet og fulgte Rory hjem.

De stoppet for å spise pizza på veien, så huset var mørkt da de kom frem. Sikkerhetslampene på verandaen ble aktivert så snart de kjørte opp, og avslørte en skyggeaktig skikkelse som satt i stolen ved siden av døren.

En stor, klumpete skygge.

Taceys hjerte hoppet, men Rory kom først.

"Herr Monster!" ropte hun og hoppet ut av bilen for å løpe bort til Wystan.

Tacey fulgte etter i et langsommere tempo, bærende på pizzaesken, men hun rakk å høre Wystan si: "Det er i orden, du er trygg nå, frøken Rory. Monsteret kan aldri skade deg igjen."

Han visste at Matt var død.

Noe han umulig kunne vite med mindre han hadde vært på kafeen da politiet kom, eller hvis han hadde vært ansvarlig for det.

Men Tacey kunne ikke spørre ham om det foran Rory.

"Du bør komme inn," sa hun i stedet og viste vei.

"Hva med regelen om at det ikke er tillatt med monstre i huset?" spurte Wystan.

Tacey trakk pusten dypt. "Det gjelder bare for monstre som kanskje vil skade oss. Er du en fare for Rory og meg?"

Wystan ristet på hodet. "Jeg har sverget å beskytte deg, nå og for alltid."

Det forklarte ikke hvorfor han var borte da hun trengte ham som mest, med mindre han hadde vært sammen med Matt. Drepte Matt.

"Da kan du komme inn."

Rory jublet og grep hånden til Wystan for å dra ham gjennom døren. Hvis hun visste at han faktisk hadde drept en mann for henne, ville Rory ikke vært så tillitsfull.

Men kanskje han ikke gjorde det. Matt kunne virkelig ha tatt livet av seg, om enn ved et uhell. Men Tacey trodde ikke på det.

Rory kunne ikke legge seg fort nok.

FØRTIéN

"God natt, herr Monster!" Rory slo armene rundt halsen på Wystan og klemte ham så hardt at hun kunne ha kvalt ham, hvis han hadde trengt å puste. Så kysset hun kinnet hans, før hun løp av gårde.

Tacey bare så på, uten å si et ord, men øynene hennes sa mye.

De sa at hvis han ikke fortalte henne alt, ville hun kaste ham ut av huset. For godt denne gangen.

Evigheten som en gargoyle på taket hennes. Det fantes verre måter å holde vakt på. Men han kunne leve med det, hvis det var det hun ville. Da visste han i det minste at hun var trygg, og Rory også.

Til slutt lukket hun døren til Rorys soverom og satte seg på en stol på motsatt side av bordet. Så foldet hun armene, festet blikket på ham og sa: "Forklar."

Og det gjorde han. Han løy om at han skulle gå til bilen, prøvde å løpe etter Masters, kjørte oppå politibilen, hørte mannens planer for Tacey, før han snek seg inn i baksetet på bilen hans for å prøve å overtale ham til å la Tacey være i fred.

"Jeg forventet ikke at han skulle bli gal. Bilen bare veltet, og vi lå i vannet, og han skrek, og så ... var det over", avsluttet Wystan.

Tacey hadde et merkelig uttrykk i ansiktet. Som om hun prøvde å la være å smile, men ansiktet ville smile likevel. Til slutt sa hun: "Så ... du sier altså at Matts død var en ulykke. Han fikk panikk da han så deg, mistet kontrollen over bilen og ble drept i en bilulykke. Akkurat som han hadde tenkt skulle skje med meg, bare at han kjørte utfor en bro i stedet for over en klippe."

Wystan nikket. Han hadde også sett likhetene. Kanskje dette var rettferdighet, servert av en skjebne som ikke likte advokater.

Tacey reiste seg nølende opp og strakte ut armene. "Jeg tror jeg må takke deg."

Han var vant til Rorys sprudlende klemmer og visste at Tacey tilbød noe lignende, men hun var ikke noe uskyldig barn.

"Du skylder meg ingenting. Jeg er din edsvorne beskytter. Du tilkalte meg, husker du?" sa han.

"Kan du ikke bare gi meg en klem? Jeg føler meg dum som står her med armene i været hvis du ikke gjør det."

Han måtte le av det. Han kunne heller ikke nekte å adlyde en ordre, selv om han hadde villet det.

Hun følte seg myk og skjør i armene hans, selv om han visste at hun var like sterk som ham når det gjaldt. Å, men gleden av brystene hennes mot brystet hans! Han hadde ikke vært så nær en kvinne siden...

"Kyss meg nå."

Førtito

Tacey trodde hun husket det første kysset, men minnene hennes hadde ikke ytet det eller Wystan rettferdighet. Han kysset henne som om hun var en drikk i ørkenen, mens han var døende av tørst, og brant henne innvendig helt inn til kjernen.

Først nå gikk det opp for henne at han ikke hadde bukser på seg, og at monsteret som stakk ut fra skrittet hans var varmt og hardt mot magen hennes.

Tacey brukte et lite sekund på å huske at Octavia var på kafeen, at Callie fortsatt var i bryllupet, og at Rory sov på rommet sitt. I morgen ville de ha fullt hus igjen. Hvis hun skulle være fornuftig, burde hun ta ham med til soverommet sitt før de gjorde noe som helst, men akkurat nå var hun lei av å være fornuftig.

Hun ville ri monsterkuken til hun skrek.

Tacey dyttet Wystan ned på den nærmeste stolen og trakk skjorten over hodet. Buksene hennes havnet på gulvet, etterfulgt av undertøyet. Hun trakk pusten dypt, før hun satte seg overskrevs på fanget hans.

Selv hodet på pikken hans føltes enormt, men hun nølte ikke. Hun førte ham inn i seg, sank ned, nedover den enorme lengden, til hun følte seg fyldigere enn hun noen gang hadde vært før.

"Å, frøken Tacey, du er guddommelig", stønnet Wystan. "Er du sikker på at du vil ha dette?"

Tacey lo. "Jeg har aldri ønsket meg noe mer."

Og så red hun ham. Hardt. Helt til den første orgasmen fikk henne til å vakle, raskt etterfulgt av en andre, og en tredje.

Mer, og hun ville falle fra hverandre, ute av stand til å gå. Hvis det ikke allerede var for sent for det.

Wystan reiste seg fra setet, fortsatt dypt inne i henne, og hun slo beina rundt livet hans for å holde ham der. "Jeg tar deg med til sengs, miss Tacey."

"Bra."

Det var bare noen få skritt, men hvert skritt fikk ham til å gni seg mot henne, så hun var på nippet til en ny orgasme da han satte henne forsiktig ned på sengen.

"Vil du at jeg skal holde vakt på taket mens du sover?" spurte Wystan, for all verden som om han ikke var begravd dypt inne i henne, akkurat der hun ville ha ham. Nå, og alle andre netter. Hun ville ikke ha en kald vaktpost av stein på taket.

"Nei", pustet hun og løftet hoftene i et forsøk på å få ham til å fullføre det han hadde påbegynt. Hun var så nær. "Jeg vil ... jeg vil ... ha deg. I sengen min, slik, hele natten. Hver eneste natt."

"Er du sikker?" spurte han og trakk seg langsomt nesten ut av henne, før han slapp seg dypt inn i henne i det mest smertefulle, iskalde støtet som bare en mann av stein kunne klare.

"Ja. Vær så snill, Wystan." Hun kjente nesten ikke igjen sin egen stemme, andpusten og bønnfallende. "Mer, vær så snill!"

Og som det monsteret han var, eller kanskje fordi han ikke var det, ga han henne akkurat det hun ba om. Om og om igjen og om igjen.

VIL DU LESE MER?

Neste bok i serien er

Steinskygge

som du finner HER: www.demelzacarlton.co
m/beskyttende-gargoyle-romanse/

Om Forfatteren

Demelza Carlton har alltid elsket havet, men på sin første snorkletur oppdaget hun at hun var redd for fisk.

Siden har hun svømt med sjøløver, haier og sjøpølser og stått på spraydryppende klipper over et frådende hav mens en syv meter høy syklondønning brøt inn og knuste et skipsvrak nedenfor.

Demelza bor nå i Perth i Vest-Australia, verdens hovedstad for haiangrep.

Serien Ocean's Gift var hennes første skjønnlitterære utgivelse, etterfulgt av spenningsthrilleren Nightmares-trilogien. Hun sverger på at Mel Goes to Hell-serien overfalt henne på et overfylt tog og ikke ville la henne være i fred.

Vil du vite mer? Du kan følge Demelza på Facebook, YouTube eller på nettstedet hennes, Demelza Carlton's Place at:

www.demelzacarlton.com

www.ingramcontent.com/pod-product-compliance
Lightning Source LLC
LaVergne TN
LVHW050659051026
849532LV00002B/684
* 9 7 9 8 2 3 2 6 6 8 8 8 4 *